GOTYAS

Le Transcendant

Ylan Corso

GOTYAS

Le Transcendant

En application de l'art. L.137-2.-I. du code de la propriété intellectuelle, toute reproduction et/ou divulgation de parties de l'oeuvre dépassant le volume prévu par la loi est expressément interdite.

© Ylan Corso, 2025

Relecture : Amandine Riba
Correction : Amandine Riba

Édition : BoD · Books on Demand, 31 avenue Saint-Rémy, 57600 Forbach, bod@bod.fr
Impression : Libri Plureos GmbH, Friedensallee 273, 22763 Hamburg (Allemagne)

ISBN : 978-2-3225-5797-4
Dépôt légal : Février 2025

GOTYAS
Introduction

Dans une campagne isolée du centre de la France, tel un ermite, vit un homme venu se cacher de la société pour habiter au cœur de cette nature qu'il aime tant, au milieu des bocages, des prairies, de la faune qui la composent.

Dire qu'il est peu ordinaire serait bien en deçà de la réalité, extraordinaire laisserait entendre qu'il peut induire une forme d'admiration à son propos, mais est-il vraiment une personne si admirable, voire respectable ?

Transcendant serait plus adapté pour le définir, car il excelle sur tous les sujets, dans tous les domaines, autodidacte dans tous les aspects de sa vie.
Il est très conscient de ce qu'il est, de ses capacités, de ses acquis, de ses pouvoirs...
Cependant, les villageois de sa commune d'Ulys, eux, ne le connaissent pas.
Depuis vingt ans, il s'y est installé comme informaticien indépendant, sous contrat unique avec une société internationale d'import-export.

En cette année 2021, ce presque quinquagénaire vit seul, personne ne lui connaît femme ou enfant, ni ami, ni lien social.
Il ne sort jamais de chez lui, ou seulement pour une simple promenade dans la nature.
Il se déplace rarement, se faisant livrer presque tout à domicile, tout ce qu'il ne peut produire lui-même.

Semblant vivre en réelle autarcie, il est attaché à l'entretien de sa maison, de ses agrandissements, à son jardin ainsi qu'à son potager.

Parfois au loin, on perçoit de la musique provenant de chez lui, mais personne ne sait s'il l'écoute ou s'il est le musicien.
Des voitures, aussi, vont et viennent à son domicile, discrètement, se cachant rapidement à l'abri des regards, dans sa grange, quasi imperceptibles...
Selon ces villageois, il vit dans un autre monde, le sien !

S'ils savaient à quel point ils ont raison...
S'approcher de sa propriété, c'est emprunter cette longue allée par laquelle il repère les arrivants.
La sensation est identique à celle que l'on ressent à son premier contact : une surface glaciale en dessous de laquelle un volcan se réveille progressivement, jusqu'à faire trembler les pieds pourtant bien posés sur la croûte terrestre.

Ils n'ont pas envie de se confronter à lui, car il n'a rien d'accueillant ; en revanche, ne le connaissant pas, ils n'ont rien de mal à dire non plus le concernant.
L'indifférence est donc mutuelle.
Il existe, est présent sur la commune, mais il ne demande rien, tout comme personne n'aurait l'idée de lui demander quoi que ce soit, ce dernier point faisant tout son bonheur.

Cet homme a trouvé ce qu'il cherchait en s'installant ici : la symbiose avec la nature, le secret pour ses activités, l'anonymat.

Puisque personne ne le connaît, ni son passé, ni même jusqu'à son prénom, aux yeux de tous il est simplement « Gotyas » !

LISA
Une journée comme les autres

Juin 2021, un nouveau jour se lève pour Gotyas, qui s'éveille encore embrumé par le vin et l'herbe dont il a abusé la veille au soir.

Il tire le rideau de sa fenêtre de chambre. En observant un beau soleil, il remercie l'Univers de lui offrir cette nouvelle journée puis descend l'escalier en bois menant à son séjour pour se diriger vers sa cuisine.
Il allume instinctivement son téléviseur, le temps de quelques secondes, afin d'obtenir les informations lui permettant de jauger l'humeur générale de l'humanité. Puis il ouvre ses volets :
« Ce que je peux détester ce monde… Ce Covid, quelle saloperie ! Ils ont vraiment touché le fond de l'inhumanité, ces très chers "grands" qui nous gouvernent, avec ces conditions de vie qu'ils nous imposent… Heureusement, je vous ai, vous ; Bagheera, ma belle, tu veux sortir, hein ? Va dehors avec Nella, pendant que je vais nourrir tous ces oiseaux qui m'appellent ce matin en me réclamant leurs graines ! »
La chatte noire rejoint sa compagne de jeu, une femelle Jack Russell, suivie par son maître.
Moineaux, rouges-gorges, mésanges, chardonnerets et pigeons sont toujours dans leur nid en haut du sapin.
« OK, tout le monde est là, je vais prendre mon petit déjeuner, moi aussi… »

Un café aussi noir que ses pensées les plus obscures, une clope roulée, ses vitamines, puis il prend le temps d'explorer la messagerie de son ordinateur portable, afin de voir si l'un de ses célèbres et piteux clients n'aurait pas besoin de ses services…

Gotyas n'est absolument pas informaticien indépendant pour le compte d'une société d'import-export. Cette version officielle n'était qu'un leurre au regard de la commune, lorsqu'il est venu s'y installer, il y a si longtemps maintenant.
Il avait sélectionné ce métier avec soin, car cela lui permettait de justifier son statut d'indépendant. Tout comme l'image de geek qu'il se donne explique le fait qu'il sorte si peu de chez lui, qu'il s'enferme dans son environnement.

Sa réelle profession tient en une seule expression : « auteur fantôme ». Sa plume et son talent pour les mots représentent ses seuls outils de travail.

Quant à sa clientèle, elle est composée de politiciens de tous bords, de grands magnats dans tous les domaines qui ont besoin de ses services pour l'écriture de leurs beaux discours.
Des journalistes économiques, sociologiques, politiques ; il va jusqu'à écrire pour eux des articles concernant ses propres discours livrés à ces politiciens !
Des écrivains, des artistes en panne d'inspiration dans leurs divers projets.
Une clientèle large, internationale, qui s'est passé le mot discrètement, de bouche à oreille, à propos de ses services, de son talent.

Seul et unique moyen de le joindre, son adresse électronique : « transcendence@worldmail.com ».
Gotyas s'est assuré de son anonymat en démarchant ses premiers prospects par e-mail, à leurs adresses directes, voire très privées.
Il possédait une liste, piratée par ses soins, des coordonnées les plus secrètes de toutes ces personnalités auxquelles il a proposé de grands services.
Puisque l'objectif consistait à vendre ses mots, le moyen était approprié. Il a ajouté un simple numéro de compte en banque web pour le règlement de ses honoraires et le tour était joué !

Une adresse électronique, l'explication du besoin et Gotyas y répond à la perfection !
Il facture des sommes de plus en plus importantes qui lui permettent de vivre dans le confort, de poursuivre la construction de sa bulle, de son monde…

Aujourd'hui, pas de demande par e-mail, pas d'appel en détresse d'un piteux client, il décide donc de s'affairer dans son jardin. Il est prêt à affronter les arbustes fous, les haies de ronces, les pousses d'acacias qui ont tous profité de l'hiver pour se reposer avant de venir défigurer ce jardin qu'il affectionne tellement.
Beaucoup de travail de taille en perspective, il se dirige donc jusqu'à sa remise avec nonchalance pour y rassembler tous les outils qui lui seront nécessaires : une machette, plusieurs sécateurs de différentes tailles, la débroussailleuse, une brouette et les indispensables gants ; il prépare tout.

C'est alors qu'il entend ce bruit de moteur quasi quotidien, cette camionnette se rapprochant de son portail avec cette jeune femme qui la conduit.
Elle lui apporte son pain mais il ne connaît toujours pas son nom.
Ce moment habituel, avec ces sons, ces temps, se déroule généralement sans images tant que Gotyas peut aussi se cacher du regard de cette jeune livreuse.
Il l'a néanmoins observée par séquences, avec le temps, afin d'être capable de l'identifier s'il vient à la croiser dans d'autres circonstances.
Les traits de son visage sont restés gravés dans sa mémoire, tout comme la blondeur de ses longs cheveux coiffés en natte, ses grands yeux bleus et sa peau laiteuse presque aussi blanche que son tablier de travail.

Ce jardinier du printemps se situe à une vingtaine de mètres de la demoiselle. Cette fois, il lui est difficile de se cacher, ce qui a toutefois comme avantage de le laisser entrevoir à nouveau son visage.
Quelque chose a changé, ce n'est plus la même. Ses traits ne sont plus détendus et frais, mais fermés, fatigués, ses yeux sont rouges et embrumés de larmes, la couleur de sa peau est terne. Il comprend rapidement la teneur du problème à la vue de cette pommette enflée, d'un rouge s'assombrissant.

Il hésite quelques instants, avant que la jeune livreuse ne dépose le pain dans sa boîte extérieure et qu'elle s'en retourne à sa camionnette…
« Mademoiselle ! Attendez ! »
La porteuse de pain se retourne, surprise.
« Oui, monsieur ! Il vous fallait autre chose ?

— Non, pas du tout, je vous rassure, mais cela fait maintenant quelques années que vous passez chez moi presque tous les jours et je ne connais même pas votre prénom…
— Lisa, monsieur ! lui répond-elle avec un sourire douloureux.
— Eh bien, enchanté, Lisa, votre prénom est aussi joli que rare, il vous va à ravir.
— C'est gentil, monsieur... monsieur Gotyas, c'est ça ?
— C'est bien cela, Lisa. Vous permettez que j'utilise votre prénom ? Pour ma part, appelez-moi Gotyas, tout simplement.
— D'accord, c'est plus simple effectivement… dit-elle d'un ton intimidé.
— Je vous surprends peut-être un peu, car il est vrai que je ne suis pas très avenant, mais je vous aperçois parfois quand vous passez. Même d'assez loin, votre visage exprime généralement le bonheur, mais ce matin… je ne veux pas vous embarrasser... les stigmates sur votre visage montrent, de toute évidence, que quelqu'un vous a frappée... n'est-ce pas, Lisa ?
— Oui, monsieur Gotyas, mais je préfère ne pas dire qui c'est… répond-elle en sanglotant.
— Vous vous sentez bien, mademoiselle ? Est-ce déplacé si je vous demande ce qu'il s'est passé ?
— Ça me fait un peu mal... En temps normal, il n'est pas très commode, mais depuis les confinements… Il est serveur dans un restaurant, il n'a pas travaillé depuis longtemps. Il aime son métier, ça lui manque. Et il ne gagne plus autant d'argent, ce qui l'énerve, car il dépend davantage de moi avec mon travail à la boulangerie. J'essaie de le comprendre, mais là, il s'est mis en colère, plus fortement que d'habitude... »

La jeune femme se rapproche progressivement de Gotyas, comme si elle cherchait un soutien en se confiant un minimum. Un soulagement, un refuge, peut-être, à l'idée d'en parler à quelqu'un lui paraissant plus solide qu'elle.

En un clin d'œil, d'un seul pas, elle se retrouve presque contre le torse de son client, puis le serre dans ses bras avant de fondre en larmes.

Gotyas ne peut plus bouger, surpris, même si l'état de Lisa justifie amplement qu'elle puisse craquer de cette façon. Il lui dit alors :

« Allez, ma petite, ça va aller. Prenez quelques minutes pour vous calmer, puis allez ranger votre camionnette dans ma grange. Ce sera plus discret. Des gens peuvent passer sur la route et nous voir. Vous venez à la maison et on boit un café pendant que je vous soigne cette pommette enflée. OK ?

— Oui, monsieur Gotyas, mais je ne resterai pas longtemps car je dois terminer ma tournée... »

Elle s'exécute alors, et cache son véhicule à l'abri des regards avant de suivre son soigneur jusqu'à son antre.

L'hôte lui propose de s'asseoir près de la table de cuisine, puis lui sert un café à sa convenance en lui demandant :

« Puis-je me permettre de vous tutoyer ?

— Bien sûr, monsieur Gotyas ! Ça ne me dérange pas, au contraire, je suis quelqu'un de simple, vous savez...

— Écoute, il semble un peu tard pour ça, mais je vais te préparer une poche de glace que tu vas tenir contre ta joue. Ensuite, je te passerai du baume à la consoude. Je le prépare moi-même avec les plantes venant de la prairie d'à côté. Ça te permettra de guérir rapidement. Ça te va ? Ça s'est passé quand ton histoire ?

— OK, monsieur Gotyas ! C'était ce matin, avant que je parte travailler.
— C'était la première fois ? »

Un long silence s'installe avant que Lisa lui réponde en hésitant.
Tout en maintenant la glace contre sa joue, elle réfléchit à l'importance de ses mots auprès de cet homme, sympathique, compatissant au demeurant, mais auquel elle n'adresse la parole que depuis quelques minutes seulement.
Après tout, elle est comme la plupart des gens : elle ne le connaît pas, et sait encore moins quelles seront ses réactions à mesure qu'elle lui livrera les détails de sa vie.
Sa vie à lui, elle n'en connaît rien, mais entre la chaleur surprenante de ce personnage, le cadre de sa maison bien tenue, avec goût, elle se sent finalement rassurée.
Surtout de plus en plus en confiance pour converser avec lui, quitte à lui livrer un peu plus de son intimité.
Peut-être en connaîtra-t-elle aussi davantage de la sienne ?
D'ailleurs, entre ce regard chaleureux, celui d'un homme qui a du vécu, ses clins d'œil fédérateurs mais pas moins séduisants, son sourire enjôleur et sa carrure bien bâtie, elle lui trouve un certain charme.
Ce physique renforce le sentiment de confiance qui la gagne au fur et à mesure que le temps passe avec cet inconnu.
« Non, ce n'est pas la première fois… Il a le sang chaud ! Parfois, il boit un peu ; ça n'aide pas. Ce n'est pas qu'il soit méchant, mais malgré les circonstances et les raisons qui peuvent le pousser à agir ainsi, je me pose de plus en plus de questions à propos de notre couple, car je ne pourrai pas vivre éternellement de la sorte. Je vaux

mieux que ça, et mérite un minimum de respect ! J'ai fait des études de droit, ce job est provisoire, en attendant de trouver un autre travail qui me convienne, mais cela commence à durer maintenant…

— C'est bien ce que je pensais, c'est ton petit ami alors... Tu dis que ce n'est pas la première fois ? Tu as bien conscience que ce n'est pas une situation normale ? Cela ne cadre pas avec ce sentiment que l'on a à l'intérieur de soi et qui s'appelle l'amour... Tu me donnes l'impression de t'être perdue avec ce garçon, entre l'oubli du véritable amour et celui de ta carrière. Il a monopolisé autant ton âme que ton corps, peut-être avec une forme de bonheur qui a pu te plaire, au début de votre relation, mais qui n'était pas suffisante pour permettre ton épanouissement total, ni un couple durable.

— J'y pense par moments, à tout ce que vous me dites, monsieur Gotyas, mais j'ai aussi peur de le quitter en provoquant chez lui une réaction encore plus violente !

— C'est chez lui que tu habites ? Dans un logement que vous avez pris à deux ? Tes parents, où sont-ils ?

— J'habite chez lui, mes parents habitent un hameau du village d'à côté. Ils m'ont déjà proposé de revenir vivre chez eux, en me voyant m'éteindre avec le temps... Cela ne me déplairait pas, afin de souffler, de me retrouver, de me replonger sur mes objectifs de carrière. Mais je crains tellement de franchir ce pas, j'ai peur de sa réaction !

— Tu peux poser la poche de glace sur la table maintenant, je vais te passer le baume si tu le permets... »

Lisa laisse son guérisseur, de ses doigts délicats, appliquer le baume sur sa pommette endolorie. Elle ne peut que remarquer la chaleur, la douceur de ses mains, de ses gestes, une attention qu'elle n'avait plus reçue depuis bien longtemps.

Cela la perturbe encore de recevoir autant d'égards de la part de cet inconnu qui se révèle peu à peu. Debout face à elle, restée assise sur sa chaise, Gotyas termine ce doux massage en lui déclarant :
« Si tu le veux bien, je peux terminer ce soin par une petite passe de magnétisme. C'est un peu particulier d'y croire, mais cela peut renforcer les effets bénéfiques de ce que je viens de t'appliquer.
— Vous savez faire ça ? J'ai déjà expérimenté le magnétisme pour de petits problèmes de santé lorsque j'étais enfant, c'était efficace, alors pourquoi pas ?
— Je sais faire beaucoup de choses, alors détends-toi et ferme les yeux. Tu me donnes ta main ? »

Il prend sa main droite et passe la sienne au-dessus de la joue de la jeune victime, fermant les yeux à son tour pour entrer dans une forme de concentration, presque de prière silencieuse. Quelques minutes plus tard, il annonce :
« Voilà, c'est fait, tu peux ouvrir les yeux doucement. Tu te sentiras détendue, peut-être un peu dans le coton. Tu peux te reposer quelques minutes supplémentaires avant de reprendre le volant.
— Je me sens bien et ressens moins la douleur, c'est super, merci, monsieur Gotyas !
— Gotyas, tout simplement, je te l'ai dit. Et tu peux me tutoyer... Dis-moi, il habite où exactement, ton copain ?
— Dans la maison au coin de la rue de l'église à Neuville. Il n'en sort pas beaucoup, à part pour aller chercher ses cigarettes, tous les jours vers 16 heures, au tabac-presse en bas de la rue, sur la place. C'est pratiquement sa seule activité de la journée, car il ne va même pas faire les courses, c'est une autre de ces tâches que je dois assumer en tant que femme.

— Je vois… Et il s'appelle comment, ce jeune homme ?
— Damien Foucher. Mais pourquoi me demandez-vous ça ?
— Pour rien, c'est juste au cas où je le croiserais, ou s'il m'était présenté, je préfère savoir à qui j'ai affaire…
— D'accord, je comprends !
— Mais si je comprends bien, tu aimerais le quitter ? Ce serait peut-être une meilleure solution pour toi ? Un autre départ pour une vie plus en rapport avec tes aspirations ?
— J'aimerais bien… Mais comment faire ? Si je le lui dis, il va devenir fou !
— Non, je ne pense pas. Il sait qu'il a fait quelque chose de mal, que cette fois-ci a été celle de trop, peut-être s'attend-il déjà à ce que tu lui annonces ton départ ? Ton visage est suffisamment blessé pour que les gens le remarquent, y compris tes parents, il est donc difficile pour lui de le nier… Tu ne devrais pas attendre et profiter de l'occasion qui t'est donnée, avec ce malheureux évènement dont tu es victime, pour partir dès ce soir, tu ne crois pas ? Il s'agit de ta vie, elle est importante, *tu* es importante, comme tout être humain ! Dans cet acte si violent se trouve ta chance, sans aucun doute…
— Tu as raison ! Je ne veux plus me laisser faire ! Je vais prévenir mes parents, et s'ils sont toujours d'accord, je reviens ce soir chez eux avec mes affaires. Dès que j'ai terminé ma tournée, je rentre chez Damien et je lui dis. Puis je pars !
— Tu as l'air déterminée, c'est bien, je te sens mieux qu'au moment où tu m'apportais mon pain !
— Merci Gotyas ! C'est grâce à toi !
— Je n'y suis pas pour grand-chose, tu avais seulement besoin d'un petit coup de pouce. Je me suis trouvé là, au

moment où l'Univers le souhaitait certainement, car il n'y a pas de hasard !
— Merci encore, en tous cas, je te tiendrai au courant !
— Oui, Lisa, quand tu le souhaiteras ! »

Gotyas referme le portail derrière la camionnette qui s'éloigne.
Son regard s'assombrit soudainement, il n'est plus le même homme qu'avec cette victime qu'il a soutenue, car la rage envahit son cœur, son âme... Certes, ses croyances en l'Univers, en l'amour l'empêchent de lâcher cet animal obscur présent en lui ; combien de temps tiendra-t-il ?
En attendant, il rumine sa fureur, sans omettre ses tâches de taille, qu'il avait prévu d'entamer dans son jardin au début de cette journée. Il s'y active donc de toutes ses forces, et coupe tout ce qui défigure son monde végétal. Rend rectilignes, parallèles, perpendiculaires, accessibles toutes ces zones de sa propriété qu'il chérit. Elle prend alors une meilleure allure, à mesure qu'il brûle les différents branchages.

Midi arrive. Pour se remettre de cette activité et des émotions provoquées par cette rencontre fortuite avec sa porteuse de pain, il décide de prendre sa pause-déjeuner en compagnie de ses animaux.
Nella est au pied de la table de cuisine à attendre la moindre miette de son maître alors que Bagheera surveille la scène, guettant une occasion d'obtenir de la nourriture pour son compte, d'un air faussement endormi.
Gotyas n'a pas un appétit d'ogre : un morceau de saucisson, un peu de fromage, un verre de rouge, le tout accompagné de ce pain qui représente un symbole bien

différent aujourd'hui ; il lui rappelle la scène du matin. Son regard s'assombrit à nouveau, ses pensées ténébreuses reprennent le dessus.

« Comment est-ce possible ?! Comment peut-on en arriver à frapper une femme ? Elle a pourtant du caractère – et j'aime ça –, elle a un bon esprit, elle est intelligente, c'est ce genre de femme qui mérite de s'en sortir et qui peut réellement apporter quelque chose de positif dans ce monde de déchéance ! En revanche, elle semble avoir du mal à se défendre... Quant à ce Damien... »
Gotyas enrage !
Il a détecté en cet homme une personnalité très dominatrice, avec des excès de violence dus à sa consommation frénétique d'alcool.
Il représente tout ce qu'il n'aime pas chez ces hommes qui pensent encore que leur supériorité sur la femme est en rapport avec la forme de leur sexe.
Selon lui, tout découle de ce fait ridicule depuis des siècles. Les hommes, les phallocrates comme lui sont une honte à Mère Nature, qui a créé l'humanité.
Ils représentent tous les maux de notre société, alors que les femmes sont la solution à tout.
Le guérisseur est convaincu que Damien ne laissera pas Lisa tranquille, si ce soir elle lui annonce son départ. Il la frappera à nouveau et ce sera encore plus violent.
Hors de question qu'il laisse le jeune homme agir, une seule option s'impose alors à son esprit : l'éradiquer !

D'un bond, il se jette sur son ordinateur portable pour y trouver toutes les informations qui lui seront utiles dans la réalisation de son entreprise.

Une idée pouvant paraître folle pour quelqu'un d'autre…

Ce n'est néanmoins pas la logique de Gotyas, car l'ermite hait les hommes du plus profond de son être, c'est la raison de son enfermement loin de ce monde autodestructeur qu'il déteste.

Damien est la définition de l'homme qu'il exècre, et cela le touche maintenant de près, en raison de cette relation qui vient de se créer avec sa porteuse de pain.

Cette jeune femme, la « femme même » selon lui, celle qui incarne la représentation de la vie, ayant cette capacité d'analyse qui lui est propre, cette aptitude brimée à résoudre les problèmes que l'homme crée.

Elle donne naissance alors que l'homme détruit, elle est positive quand l'autre est négatif, elle soigne alors que l'homme tue.

Certes, Gotyas s'apprête à tuer, lui aussi, mais il ne le ressent pas ainsi. Il justifie son geste en le considérant comme une offrande à la femme dans toute sa pureté, à toutes les femmes en général !

Mais dans ce cas présent, c'est Lisa qu'il a choisi d'aider, ayant observé toutes les qualités de cette demoiselle.

Il la considère comme méritante, avec des valeurs bien plus nobles que son destin actuel ; peut-être même lui en a-t-il déjà imaginé un autre…

Alors il se dépêche de rechercher ces informations, car le temps presse, il se doit d'agir avant que Lisa termine sa tournée, qu'elle rentre chez son maudit compagnon pour tenter de s'en séparer.

Il parvient enfin à recueillir les données indispensables : des choses plus personnelles sur sa future victime, des photos, des repères proches de son lieu d'habitation, de son environnement.

Le plan de Gotyas se dessine progressivement dans son esprit.

Il monte alors à l'étage, au sein de son antre.

Il lui reste maintenant à préparer son matériel, à le rassembler.

Une tenue et des chaussures sombres, un ensemble discret pour évoluer dans une ruelle ombragée. Il prépare aussi un masque modulateur de voix.

Mais surtout, il s'empare de deux *tantōs* japonais, de courtes lames de sabre, ses préférés !

Il les sort de sa malle aux multiples trésors, inestimables à ses yeux et qui le définissent à la perfection.

Entre ses multiples voyages en Asie, son amour des beaux objets, sa quête perpétuelle de sens et de spiritualité, Gotyas a commencé la construction de son monde avec ces objets qui ont été ses premiers outils.

Le temps est venu pour lui d'endosser sa panoplie de fantôme, de fermer sa maison en activant l'alarme et de sauter dans son Wrangler hybride en direction de Neuville, tout en peaufinant son plan d'intervention.

Une fois sur place, il se gare discrètement sous les arbres proches du bout de cette ruelle médiévale qu'il a repérée.

Une telle action en plein jour paraît inouïe, mais cette heure est idéale pour être discret, car c'est celle de la sieste, rituel sacré de ce village durant lequel la population est absente de toute rue.

Ainsi, il se faufile naturellement jusqu'à la ruelle perpendiculaire à la rue de l'Église, qui mène sur la place, et la longe jusqu'à son extrémité.

Il est presque 16 heures. Plaqué contre le mur, Gotyas jette un œil furtif sur cette rue où il aperçoit sa victime bedonnante arriver, fidèle à son habitude d'acheter, à ladite heure, son paquet de cigarettes.

L'assassin n'a plus qu'à écouter les pas résonnants de l'homme se rapprocher pour se préparer à son attaque.
Il place alors sur sa bouche le masque modulateur de voix.
Damien arrive à sa hauteur dans la ruelle. Gotyas attend qu'il avance d'un seul pas devant lui pour lui glisser la lame du *tantō* sur la gorge.
Le tenant de sa main gauche, il tire l'homme vers lui dans l'obscurité d'un porche. Dans le même mouvement, d'un geste tout aussi rapide, Gotyas le plaque contre lui en pointant l'autre *tantō*, dans sa main droite, directement sur le cœur de sa victime. Il lui chuchote alors dans l'oreille, d'une voix électronique venant d'outre-tombe :
« Mon cher Damien, il n'y a pas que fumer qui peut tuer. Tes actes entrainent aussi des conséquences...
— Mon Dieu ! Vous me faites mal, mais qui êtes-vous ?
— Moi ? Un fantôme, je n'existe pas. Je suis le bras armé de ton Dieu, qui vient abattre sa colère sur toi ! Tu es abject, la lie de l'humanité, et pour ce que tu es, tu vas maintenant mourir !
— Non ! Pitié ! Mais qu'est-ce que j'ai fait ? »

Damien est terrorisé, il tremble, pleure. Soudain, Gotyas aperçoit une flaque se formant à ses pieds, de l'urine qui s'écoule de sa victime en état de choc.
« Tu me demandes ce que tu as fait ? Tu n'as même pas conscience de tes agissements ?! Allons, réfléchis un peu, quelques secondes avant ton trépas !
— Pitié ! Je ne sais pas ! Non ! C'est Lisa, c'est ça ? Vous êtes de sa famille ou un ami à elle ?
— TAIS-TOI ! Je n'ai pas d'amis ni de famille puisque je n'existe pas, IMBÉCILE ! Mais parle-moi d'elle, tiens !

— Ce n'est pas ma faute ! Entre les confinements, ma perte d'activité, l'alcool... Je ne voulais pas !
— Mais tu l'as fait quand même, et ce n'était pas la première fois ! Ton Dieu te regarde, il est omniprésent et sait ce que tu as fait, il n'y aura pas de purgatoire pour toi, tu vas aller en enfer !
— NON ! Pardon ! Tout ce que vous voulez, mais je ne veux pas mourir, pitié ! S'il vous plaît, ne me tuez pas !
— Tout ce que je veux ?
— Tout ce que vous voulez, oui ! Mais ne me tuez pas, je vous en supplie ! »

Gotyas observe quelques secondes de silence, laissant la terreur envahir le corps et le mental de Damien, puis reprend la discussion :
« Tout ce que je veux, tu en es sûr ?
— Oui, je vous en supplie, tout ce que vous voulez !
— Alors, écoute-moi attentivement : Lisa est une femme exceptionnelle, un trésor de notre Terre-Mère. Elle a décidé de te quitter pour tout ce que tu lui as fait subir, tout ce que tu es. Alors, laisse-la partir ! Sans lui causer aucun problème, car tu sais maintenant que je saurai te retrouver, n'importe où, n'importe quand. Mais si je dois en arriver là... on ne te retrouvera plus jamais ! Crois-moi, ton départ vers ton Dieu se fera dans les pires souffrances... TU AS COMPRIS ?!
— Oui, oui, oui ! Elle partira, je ne lui ferai rien, c'est juré, mais ne me tuez pas !
— Lâche ! Tu ne penses qu'à toi, au lieu de penser à elle ! Afin de m'assurer que le message est bien passé, et surtout que tu t'en souviendras, que ce soit vis-à-vis de Lisa ou des autres femmes que tu rencontreras, je vais te laisser un petit souvenir... »

Sa phrase à peine prononcée, il utilise le *tantō* droit, qui était pointé sur le cœur de Damien, pour l'enfoncer plus profondément, lui tailladant la croix du Christ sur le torse. Le vengeur lui maintient la bouche fermée de son autre main, empêchant son supplicié de hurler sa douleur. Quelques secondes plus tard, il le jette contre le sol, l'abandonnant dans ses larmes tandis qu'il git dans son sang et sa flaque d'urine, avant d'ajouter ces derniers mots puis de s'enfuir en courant :
« Un petit souvenir de ton Dieu ! Parle à qui que ce soit de ce qui vient de se passer et ce sera moi, la dernière personne qui te dira "à Dieu", petit Damien... »

Gotyas arrive à la hauteur de sa voiture. Les rues de Neuville sont toujours aussi désertes.
Il démarre sans aucun crissement de pneus, repartant tout aussi discrètement qu'il est arrivé.
Le trajet du retour est rapide à travers cette campagne qu'il aime tant.
Une fois chez lui, il ne pense qu'à nettoyer méticuleusement, puis à ranger à leur place ses effets de tueur.
Il prend une douche, enfile son peignoir pour le reste de sa soirée, se purifie à l'aide d'une branche de sauge blanche et entre dans une séance de méditation durant une bonne heure.
Il remercie Gaïa de lui avoir donné la force de réaliser son action, qui lui était absolument nécessaire autant que salutaire...

Une semaine plus tard, alors que le jour s'estompe peu à peu pour laisser place à la lueur du soir, Gotyas termine son dîner, de simples légumes sautés de son potager qu'il

a précieusement conservés tout l'hiver. Il les agrémente de bonnes rasades de bourgogne.
Il profite de ce joyau sur un fond de musique de Django Reinhardt.
La nuit arrive. Il s'assoit sur sa terrasse, le verre à la main, fumant l'herbe de sa culture. Il est maintenant détendu, quelque peu pensif, en se remémorant cette journée de la semaine d'avant, sa rencontre avec Lisa et son action envers ce méprisable Damien.
Il observe la lune comme pour entrer en communion avec elle, et repense à la jeune femme en toute sérénité. Il ne s'inquiète pas au sujet de son retour chez son petit ami ce jour-là, avant de déménager chez ses parents...

Soudain, il entend le son d'un moteur se rapprochant rapidement et observe la lueur de phares s'engouffrant dans son allée. Il ne panique pas, car il a bien reconnu ce son et cette lumière, ce sont ceux de Lisa !
Il n'a pas le temps de bouger qu'elle ouvre déjà la barrière, avant de cacher sa camionnette dans la grange pour ensuite accourir jusqu'à lui. Il s'en étonne :
« *Hey* mademoiselle, que se passe-t-il ? Tu vas bien ?
— Super bien, Gotyas, c'est grâce à toi !
— À moi ?
— Oui, tu avais raison ! Je tenais à te revoir le plus rapidement que je pouvais afin de te raconter la fin de cette journée que nous avons commencé ensemble il y a une semaine...
— Je ne te cache pas que j'y pensais, en espérant que tout s'était bien passé pour toi. Car depuis ce jour, je n'ai pas eu l'occasion de te revoir déposer mon pain, alors... Mais assieds-toi et raconte-moi ce que tu souhaites !
— Voilà, je suis donc rentrée chez Damien après mon travail, déterminée à lui expliquer que j'allais le quitter.

Même si mes parents étaient OK pour m'accueillir dès ce soir-là, j'étais stressée d'avoir à le lui dire et j'appréhendais sa réaction. Mais une fois sur place, j'ai repensé à ce qu'il m'avait fait et je me suis décidée. Ça m'a mise en colère, alors j'avais l'énergie pour l'affronter. Quand je me suis retrouvée devant lui à lui dire ses quatre vérités, il était en sueur, fébrile, presque apeuré, et ne m'a pas dit un mot à part que j'avais raison, que j'étais formidable, et qu'il me laisserait tranquille désormais. Je n'y croyais pas, tu avais bien raison ! Alors j'ai pris mes quelques vêtements et du petit mobilier que j'avais chez lui pour les charger dans la camionnette – il s'était enfermé dans sa chambre –, puis je suis partie chez mes parents ! C'est grâce à toi Gotyas, je n'aurais jamais imaginé que ce serait aussi facile !

— Tu vois ! Je n'y suis pas pour grand-chose, je t'ai juste aidée un peu à prendre conscience de la situation pour que tu te décides à franchir ce pas. Le reste, tu l'as fait toi-même. Cela demandait du courage, mais maintenant, tu peux te détendre… Tu veux tirer sur ma cigarette naturelle ? Ça peut te détendre aussi…

— Ah oui, tiens, pourquoi pas ! »

Lisa sourit, prend la cigarette de sa main d'un geste tendre, presque comme une caresse, pour ensuite tirer quelques bouffées sans bouder son plaisir.

« Hmm, c'est super bon, ça fait du bien ! dit-elle au bout de quelques minutes.

— Et naturel, ma belle. J'espère que tu te sens mieux ?

— Je me sens simplement bien avec toi, en une seule journée, tu m'as soignée de tous mes maux ! Pardon, je suis un peu confuse, je m'emporte, cela doit être ta cigarette.

— Ah ah ! Non, c'est amusant, ne t'excuse pas, au contraire, j'aime aussi ton naturel…

— J'ai dit à mes parents que je voulais profiter de la soirée en allant voir une copine et leur ai demandé de ne pas m'attendre…

— Ah oui ? Si tu as le temps alors, j'ai une bonne bouteille de champagne qui n'attendait que d'être ouverte pour une belle occasion comme celle-ci. Tu peux rester ici autant que tu veux, tu sais que je n'attends personne…

— J'y comptais bien... »

Elle se rapproche en silence de son nouveau héros. D'un regard presque envoûté plongé au fond du sien, elle plaque ses deux mains sur son torse pour le découvrir du bout de ses doigts, avant d'écarter les deux parties du peignoir et d'en faire tomber les manches.

Gotyas, debout, est maintenant torse nu, le reste de son unique vêtement ne tenant plus que par sa ceinture et ne couvrant que le bas de son anatomie.

Lisa effleure ce torse de quelques doux baisers, s'imprégnant du parfum de l'homme.

Ce dernier passe sa main sur la nuque de la belle pour attirer son visage près du sien, la regarde, lui sourit avant que les deux s'embrassent langoureusement comme pour se goûter, partager leur désir.

La fièvre s'empare de la jeune femme, ses baisers viennent se poser dans son cou, sur son torse, pour descendre encore et s'attarder sur ses abdominaux, qu'elle caresse dans sa découverte.

En restant assise, elle dénoue la ceinture de ce peignoir encore mystérieux pour le faire tomber au sol et contempler son mâle dans toute sa nudité.

« Tu es vraiment un bel homme, Gotyas… Ton corps est magnifique. Je me sens bien avec toi, tu as déjà changé tellement de choses dans ma vie en une seule journée, tu m'as bouleversée ! »

Aussitôt après, celle qui n'était encore que sa porteuse de pain il y a peu caresse son sauveur, son sexe qui ne cesse de se gorger de désir, avant de l'embrasser à son tour, de le porter à sa bouche et d'exécuter un va-et-vient gourmand, passionné, d'une douceur infinie...
Son héros profite de cet instant intense durant quelques minutes, avant de relever sa belle et de lui proposer de venir s'installer confortablement à l'intérieur de la maison, sur son canapé, le temps qu'il réunisse deux coupes et la bouteille de champagne dans son seau à glace.
Il la rejoint, fait sauter le bouchon et verse le breuvage dans les coupes. Il lui en tend une, porte un toast à l'amour avec elle, avant de se rapprocher, de s'agenouiller entre ses jambes.
Il dégrafe bouton par bouton cette belle robe blanche qui fleure bon le printemps dans toute sa légèreté, l'immaculé de son âme, la pureté que Lisa inspire, avant de découvrir ses sous-vêtements de dentelle tout aussi blanche.
Elle est belle et s'offre à lui sans hésiter, avec ce désir ardent qu'il la touche, impatiente de ressentir ses gestes de pur mâle, alors Gotyas s'exécute : il lui ôte son soutien-gorge, laissant apparaître le rose du bout de ses seins qui tranche avec la pâleur de sa peau laiteuse.
Il lui retire sa culotte pour admirer un second spectacle de la nature lui offrant le même rose sur les lèvres de son sexe lisse, doux, et il ne peut se retenir davantage de l'embrasser.
De tendres baisers effleurant toute cette beauté, telles les fines ailes d'un papillon. Puis, du bout de sa langue

brûlante, affamée, il vient caresser son clitoris, l'entourer, pour descendre puis remonter de ce même mouvement de va-et-vient qu'elle lui a offert avec volupté.

La bouche du mâle descend alors encore plus bas, jusqu'au fondement de la belle, contournant, titillant cette autre intimité dans ce jeu montant et descendant sur tous ses points sensibles.

Gotyas savoure au plus profond le goût de sa partenaire, y plongeant maintenant son visage, se délectant de chaque seconde, de chaque frémissement de Lisa, qui se laisse partir dans ce plaisir intense qu'elle ne cherche pas à maîtriser.

Les deux amants sont au sommet de leur excitation, un simple regard leur suffit pour comprendre ce souhait de s'apporter ce plaisir ensemble, mutuellement... L'homme s'allonge alors sur une autre partie de l'immense canapé et dans le sens opposé, sa complice vient chevaucher cette bouche affamée de son sexe enflammé.

De nouveau, elle s'empare de ce pénis dressé devant elle pour s'adonner à ce jeu de langue, de bouche, encore plus intensément, chassant ainsi toute inhibition restante.

L'accord, la complicité de ce nouveau couple est évidente. Par leurs gestes, leurs caresses, ils n'ont pour but que de se donner l'un à l'autre cet amour enivrant en toute liberté. Lisa ressent le premier orgasme de la bouche de Gotyas.

Plus humide encore, elle souhaite plus que tout le sentir en elle.

À son tour, elle se place sur le dos, s'ouvrant à lui et lui tendant la main. Sublime spectacle dans lequel son mâle vient la rejoindre, l'embrassant langoureusement avant de glisser sa verge délicatement, sans difficulté, dans ce sexe ruisselant qui l'appelle.

Les deux corps se collent, créant une nouvelle chaleur moite, les respirations s'entrecroisent, les regards se scrutent à la moindre réaction de l'autre. Le brun du félin se noyant dans le bleu de l'océan, ils ne forment plus qu'un seul être, celui de la communion, celui de l'amour. Des rythmes les plus lents du plaisir de la pénétration aux plus endiablés, jusqu'à l'ivresse de la profondeur, Lisa part alors pour une seconde transe. Un orgasme renouvelé !

Elle s'empresse alors de se retourner, l'exhortant à continuer avec un « Prends-moi encore ! » Lisa offre à son sauveur cet autre paysage renversant, brûlant, détrempé de son nectar de jouissance.

Sa verge est toujours plus gonflée, encore plus dure, dans un état d'excitation extrême provoqué par ce nouvel angle. S'exécutent alors de nouveaux mouvements de hanches, d'une intensité faisant jaillir les gouttelettes du plaisir des multiples vagues formées entre ces deux corps qui s'entrechoquent.

Après plusieurs minutes d'allers et retours, entre la force d'un sexe, la dilatation et l'humidité de l'autre, le corps fiévreux de la jeune femme s'abandonne en même temps que son esprit, le cœur battant la chamade.

Cet autre orgasme surgit en même temps qu'un cri pouvant faire penser à de la douleur, mais il est bien l'appel résultant d'un désir d'amour encore plus grand ! Quelques secondes de silence passent ensuite dans l'immobilité des corps complices, mais ces fesses restent dressées, offertes au regard de Gotyas, qui n'est pas rassasié.

Cet orifice semblable à une étoile l'invite à y entrer, par quelques contractions comparables à des baisers envoyés.

Il suffit d'une phrase pour convaincre l'homme qu'il n'y a désormais plus aucun interdit, plus de limite au présent de ce couple : « Viens, mon homme, viens, je veux te sentir encore plus profondément en moi ! »

À peine surpris, le fougueux gentleman ne tarde pas à s'empoigner pour se glisser délicatement, selon un angle différent, dans cette petite ouverture ne demandant qu'à s'agrandir pour l'accueillir.
La moiteur de ce périmètre est propice à l'acte, chaque millimètre avançant fait frémir sa douce demanderesse d'intenses « Oh ! » et de « Oui ! ». Elle retourne sa tête pour le regarder : « Vas-y, chéri ! »

D'abord lent, le rythme augmente à mesure que la place de l'homme se fait dans l'intimité de la belle. C'est ensuite avec puissance, frénésie, abandon de chacun que les deux complices gémissent à mesure de leurs à-coups intenses, qui ne semblent plus vouloir s'arrêter.
Encore et encore, elle s'accrochant d'une main à la sienne, lui se penchant pour lui attraper les seins par-dessous, les deux êtres fusionnent, formant ce nouvel animal dont ils sont les créateurs !
Les corps transpirent, les cheveux se trempent, tout n'est que chaleur, ruissellement de tous leurs fluides se mélangeant.
Lisa ressent le tsunami montant de son mâle et se retire pour le saisir de ses deux mains afin de poursuivre l'ultime va-et-vient avec sa langue joueuse, dans sa bouche brûlante.
D'un cri rugissant, son partenaire fait jaillir sa semence, dont elle se délecte comme du plus orgasmique des nectars, comme du plus précieux lait, qu'elle recueille jusqu'à la dernière goutte.

Quelques secondes indispensables à chacun suivent, pendant lesquelles ils reprennent leur souffle avant de tomber dans les bras l'un de l'autre, de s'embrasser à travers les saveurs de chacun.

Aussi coupable que complice, le duo réalise que cet acte d'amour non prémédité, improvisé avec une volonté de conquête de l'autre, de recherche de son plaisir, n'est que le début d'une série merveilleuse dont ils ne connaissent ni la durée, ni la fin.

« Mon bel homme, qu'y a-t-il que tu ne saches faire ? La semaine dernière avec ton humanité, ce soir avec ton amour. Tu es renversant, Gotyas, je ne te remercierai jamais assez de cet élan de positivité que tu m'apportes. J'espère que ce que nous venons de partager ne changera pas ta vision de moi. Ce n'est pas dans mes habitudes de me laisser autant aller, mais tu as toute ma confiance, mon amour. Je me sentais tout simplement bien, je n'ai jamais éprouvé autant de plaisir avec un homme. Je veux que tu le saches.

— Douce et belle Lisa, ainsi va la vie, lorsqu'on s'attache à ne la conjuguer qu'au présent, comme si demain n'existait pas. De ce fait, elle en garde la plus belle saveur, ses surprises, bonnes ou mauvaises, et cela nous permet d'avancer, d'apprendre tout au long de notre existence en cumulant... De vivre notre vie terrestre qui en amènera une autre... Je ne te juge pas, car j'ai déjà vu en toi tout ce qui constitue le plus beau de l'humanité, la femme qui la fait avancer sur le meilleur chemin. J'aime les femmes, tu sais, cet autre sexe de notre espèce qui devrait lui apporter bien plus, si la bêtise des hommes ne l'entravait pas dans sa belle progression. Car c'est grâce à la femme que nous survivrons, que nous créerons cet avenir alternatif qui

nous sera indispensable, j'en suis convaincu. J'aime tellement ces femmes à ton image qu'il me paraîtrait égoïste de n'offrir mon amour qu'à une seule d'entre elles. Quand je parle d'amour, ce n'est pas que de l'acte sexuel, mais de tout ce qui m'anime. Passant tout d'abord par mon cœur, en découlent mes pressentiments, mes intuitions, puis mes actes. L'amour est le passage obligé pour obtenir l'essence même de l'existence ! Je souhaite offrir cet amour pour que les femmes se révèlent, se relèvent, partent au combat pour sauver cette humanité en perdition ! Tu comprends ?
— Oui, je crois...
— Je suis conscient de ma marginalité. Elle est issue de ces convictions, de cette façon de vivre... Pour être plus précis, j'ai un projet plus grand ; c'est mon secret... Le fondement de sa réussite en sera tout l'amour que je porte à la nature, à ces femmes, ces êtres de lumière qui seront les seuls capables de faire respecter cette nature, une bonne fois pour toutes. Des Êtres qui sauront prouver, parler, convaincre l'humanité entière qu'il faut arrêter de lutter contre cette nature. Elles sauront exprimer le fait que nous sommes ses enfants, qu'elle n'est pas notre ennemie. Elles convaincront d'arrêter de la combattre, car elle sera toujours bien plus forte que l'humain.
Elles démontreront que s'opposer à elle n'a toujours été qu'une réussite temporaire, une chimère, car les conséquences ont été si néfastes à l'homme qu'elles l'ont dirigé inexorablement vers sa perte. Nous en sommes là aujourd'hui... Par-dessus tout, elles agiront, imposeront au monde entier la seule vie possible... La parfaite symbiose s'obtiendra avec elles. Je suis au service de notre Mère Nature, je suis investi dans cette cause, la plus grande ! Je suis son messager, son

travailleur de lumière autant que son bras armé. Pour elle, je dois trouver ces Êtres, construire ces femmes, les unir afin qu'elles forment la plus grande puissance mondiale ! Les dirigeantes du prochain monde, où la nature n'aura jamais autant donné pour sauver l'humanité, où l'Homme n'aura jamais été si proche d'elle ! Dans ce monde, l'amour reprendra sa place dans l'écrin de la nature... Je tenais simplement, avec la même sincérité qui te caractérise, à t'expliquer que je te donnerai toujours tout mon amour, mais qu'en raison de tout cela, je ne serai jamais un cœur à prendre, ni un compagnon, ni un mari, ni un père... Car en conservant ma liberté la plus pure, je veux transmettre l'amour absolu à tous ces Êtres afin qu'ils se révèlent enfin et prennent connaissance de leur propre vérité, du sens de leur existence, de l'importance de leur destin. Je suis en mission, et ma foi est inaltérable. Quant à toi, tu t'inscris dans ma quête, toute cette journée si particulière n'était pas un hasard, tu es un de ces Êtres ! La nature t'a envoyée à moi pour que nous accomplissions ensemble ce nouveau destin.
— Je... comprends pas ?... Comment ?... Tu parles d'un complot ?...
— Pas un complot, une conspiration qui redonnera les pleins pouvoirs à la nature et sauvera l'humanité !
— Mais que puis-je faire, moi ? Enfin, à mon échelle, je ne me vois pas apporter grand-chose !...
— Tu es le premier Être. Chacune d'entre vous aura son savoir-faire, sa fonction... Tu as suivi des études de droit, c'est ça ?
— Heuuu oui, mais j'ai arrêté après mon master 1...
— Tu es juriste, alors ?
— Oui. Mais je n'exerce nulle part !

— Maintenant, tu exerceras pour la Cause... Tu pourras continuer de travailler à cette ouverture sur le monde en portant ton pain. Tu ouvriras grand tes yeux, tes oreilles, et m'aideras à trouver les autres Êtres. En revanche, je te rémunèrerai pour chaque information juridique qui me sera indispensable dans l'avancée de ma mission...

— Holà, Gotyas ! Doucement ! J'ai passé une semaine folle, je la poursuis en te faisant l'amour alors que je ne te connaissais pas il y a quelques jours encore... Maintenant, tu me parles d'une cause, d'une conspiration, d'une mission… c'est beaucoup, c'est même trop pour moi en si peu de temps ! Maintenant, je comprends mieux ta solitude. Je connais tes intentions, il y a une forme de noblesse dans tes propos, dans ta vision, mais c'est absolument déroutant ! Je n'ai pas assez de recul pour te répondre quoi que ce soit !... Je t'offrirai tout mon amour également, tant que ce sera possible, sans illusions, car je préfère de loin ta vision de notre amour.

— Je n'en ai aucun doute, jolie Lisa. Je compte sur toi pour conserver mon secret. Si je te l'ai confié, c'est parce que je sais que tu es un Être, sinon, comme n'importe qui, tu me prendrais pour un illuminé, un fou, un complotiste ou je ne sais quel autre de ces qualificatifs qui ont perdu leur sens véritable avec les réseaux sociaux. Tu vas réfléchir, prendre ton temps, et tu m'en reparleras quand tu le souhaiteras ! »

Les deux amants s'enlacent encore longuement, leurs deux corps encore nus, et s'embrassent passionnément avant de se rhabiller, l'un aidant l'autre avec une complicité évidente.

Lisa doit repartir chez ses parents avant que le soleil se lève. Elle s'en retourne à sa camionnette sous la grange,

puis repart en envoyant des baisers à cet homme synonyme pour elle d'amour pur, d'une nouvelle vie.
Ce n'est pas un adieu, car ce n'est pas une dernière fois, et qui sait ?...
Demain est bien parti pour exister. Les autres s'en moquent, car ils vivront leur présent, mais... elle lui portera son pain...

LES POLITICIENS
Puisqu'ils sont tous les mêmes...

Quelques pains livrés plus tard, Lisa demeure dans sa réflexion. Durant ses tournées, ses passages chez son homme providentiel, les regards de ce duo parfois s'entrecroisent, mais la livreuse ne manifeste pas l'envie de poursuivre cette de discussion...
Gotyas fait confiance au temps : il est convaincu que de laisser vivre une situation sans intervenir peut parfois la reconduire vers un meilleur chemin.
Il considère qu'avoir généré du positif entraînera des conséquences positives, à n'importe quelle échelle de temps.
Dans son esprit, il en va de même pour le négatif créé.
Il croit également à cet équilibre du Tout souvent représenté par le *yin* et le *yang*, bien que sa mission implique pour lui d'influer sur l'un ou l'autre pour parvenir à ses fins !
À propos de Lisa, il convient du volume conséquent d'informations auquel cette dernière a été confrontée, mais pense que le temps, accompagné de son discours, sera suffisant pour la convaincre.
Gotyas le souhaite de tout cœur.
Il a planté la graine dans l'esprit de sa douce et laissera la nature décider du bel arbre qu'elle deviendra.

En dehors de sa Cause, il ne doit cependant pas se relâcher sur son travail, mais plutôt faire rentrer de l'argent.

Alors, comme tous les matins, il consulte sa boîte électronique pour y relever ses dernières demandes.

La surprise est à la hauteur de l'ironie de la situation lorsqu'il découvre deux demandes identiques aux mots près mais provenant de deux partis politiques radicalement opposés.

« Ces politiciens... Ils m'expriment leurs idées du moment, les points leur paraissant essentiels pour convaincre dans le futur grand discours qu'ils prononceront lors des élections régionales. Ils vont jusqu'à me demander d'imaginer les mêmes types de *punchlines* contre leurs adversaires, alors qu'au final, ils ont strictement le même discours sans s'en rendre compte ! Dire que les votants ne s'en rendent pas compte, eux non plus... Alors que ces deux partis sont radicalement opposés... Hum... Il me suffit donc d'écrire un seul discours avec un tronc commun, quelques différences de langage caractéristiques à chacun des partis et le tour est joué ! Tronc commun, voyons : "élections importantes", "transparence", "aucune alliance au 1er ni au 2nd tour", "ordre", "autorité", "vaccination", "personnel du service public", "choix de la solution"... Pas mal, à creuser encore ! Maintenant, les reformulations correspondantes : "supprimer le centralisme parisien" devient "la décentralisation", "l'opacité" se transforme en "manque de clarté", je remplace "les élus de terrain" par "les maires", "bon sens" par "en bon père de famille", "sans confusion" par "ne nous trompons pas", "aller dans le mur" par "tirer le signal d'alarme", "mettre son énergie" par "faire preuve de force"... Et voilà ! Un discours qui se transforme en deux, deux devis identiques envoyés, je verrai le résultat... »

Quelques heures plus tard, une fois ses devis acceptés et payés, Gotyas envoie le discours correspondant à chacun des partis.

Dans leurs réponses, l'un comme l'autre sont une fois encore ravis et impatients de le prononcer pour attirer les votes.

Leurs idéologies avaient une base écrite, mais aucun des deux partis n'a suffisamment de talent pour en écrire davantage. C'est dire le niveau d'appartenance, de conviction, d'engagement et d'intelligence des politiciens actuels !

Gotyas en fait ce constat, dépité en tant que citoyen, ravi pour son entreprise qui en tire des revenus conséquents.

Les deux discours sont prononcés par les deux candidats à deux jours d'écart lors de leurs campagnes. Tant dans les rangs de ces candidats que dans ceux des votants, du peuple dans son sens le plus large, personne ne remarque les similarités entre les deux discours.

Seule une émission de télévision décryptant l'actualité souligne, dans une rubrique de mai 2021, l'intérêt fade des Français pour la politique et ses représentants.

Le chroniqueur montre, sur un double écran, les deux discours similaires de ces deux partis si différents, s'interrogeant sur le manque d'inspiration de ces politiciens tout comme sur le manque d'intérêt du public, qui n'a rien remarqué.

En revanche, de son côté, Gotyas visionne l'émission avec grand intérêt.

« Surprenants, ces journalistes ! Ils ne sont peut-être pas moins influencés que les autres, mais ils sont vifs dans leur analyse et leur réflexion ! Quelle panade, la politique actuelle... À force de marteler de la pensée unique dans l'esprit du peuple, les partis traditionnels s'y sont eux-mêmes condamnés. Plus de convictions, encore moins de vision, ils communiquent en disant seulement ce que les gens veulent entendre. Une fois au pouvoir, ils comprennent l'ampleur des réformes à faire voter pour qu'au moins le pays puisse continuer d'avancer seul, sans eux, puisqu'ils n'ont que très peu de compétences... Obéissant aux lobbies puissants qui les ont mis en place pour leurs intérêts mutuels, ils ne résolvent aucun des problèmes du pays. Plus d'intérêt général, le service public se privatise, il tourne comme une vieille usine rouillée, ne compte plus que l'intérêt privé ! Celui de ces messieurs, des super-riches aussi qui auront terminé l'éradication de la classe moyenne. Le profit n'appartient plus qu'à cette population plus qu'aisée. Soit on est riche, quels que soient les moyens pour y parvenir, soit on est pauvre et on le restera ! Ce pays, ce monde est injuste ! Tous les politiciens s'emparent de l'écologie, faisant disparaître les partis qui la représentent. Ce qui a pour seul effet que tout le monde en parle, mais que personne n'agit... Je les méprise tous ! Quant à certains d'entre eux, je les hais ! Ils n'ont plus d'amour dans le cœur, à part pour eux-mêmes. Ils en sont arrivés à créer des produits de substitution accessibles avec de l'argent, ou encore ce papier dont ils se nourriront quand ils auront compris, trop tard, qu'ils détruisent la planète et qu'ils se détruisent eux-mêmes. Ces hommes, à travers les époques, dont certains se considéraient comme grands, des révolutionnaires, des chercheurs, des inventeurs, n'ont créé qu'assouvissement et autodestruction de l'humanité. Le consumérisme et l'argent sur fond de pseudo-communication exacerbée, ces réseaux qui n'ont rien de social, ces téléphones qui n'en sont plus... Je hais ces hommes, ces femmes politiques, aussi, qui sont leurs miroirs, je hais ce dysfonctionnement de l'humanité, il est grand temps d'y mettre fin ! De changer ce monde avant qu'il ne soit trop tard... »

Plusieurs jours durant, Gotyas rumine sa colère, ses réflexions, sa mission pour un monde meilleur, avant de s'attabler et d'écrire.
Les pages se noircissent, papiers et stylos volent dans ses élans de détermination, il écrit tout de ses pensées, de ses plans, de ses théories, des méthodes, des moyens, des limites, des risques, tout ce qui contribue à élaborer son plan.
Il parvient au point culminant de sa fureur lorsqu'au milieu de son capharnaüm de calculs, de techniques et autres probabilités, il conclut que seul, il ne remporterait que des batailles ponctuelles. Aucune guerre parmi celles qu'il comptait remporter pour la survie de la planète et celle de l'humanité.
Bien qu'importants, ses fonds ne suffiraient pas. Ses perspectives sont ambitieuses.
Bien qu'actif et omniprésent, s'il restait seul, ses agissements seraient limités, ne seraient que sporadiques. Il se doit absolument de trouver ces femmes aux pouvoirs encore cachés, ces Êtres qui formeraient avec lui ce commando secret !

La détermination de Gotyas reste sans faille, tout comme sa foi, malgré ce tourment du temps qui s'écoule sans qu'il voie pointer la moindre évolution de son projet, en dehors de tout ce qu'il peut entreprendre individuellement.

Alors qu'il rumine encore ces dernières pensées, la bonne nouvelle n'arrive pas seule, car lors d'une fin d'après-midi, Lisa termine sa tournée en s'arrêtant chez son sauveur.

Elle l'interpelle dans le jardin alors que ce dernier vient de s'octroyer une pause dans son défrichage :

« Bonjour, Gotyas ! Je dois te parler !

— Mademoiselle Lisa ! Entre dans la maison, ce sera plus discret... J'espérais bien te revoir. Tu as pris le temps de réfléchir, alors j'imagine bien que tout ce que tu m'annonceras sera mûrement pesé...

— C'est vrai que cela m'a pris du temps, de m'habituer à un autre quotidien sans Damien, de penser encore et encore à cette journée où ma vie a basculé. Entre son déroulement, tout ce que tu m'as expliqué, il n'y avait pas un seul point à négliger ; cela m'a demandé toute ma réflexion et toute mon analyse pour faire le bon choix. Avec toutes ces nouvelles données, il m'a ensuite fallu esquisser un avenir qui dépendrait de mes décisions. Ç'a été très difficile, car j'étais consciente que la Lisa avec sa vie d'avant n'existerait plus jamais, mais qu'une nouvelle Lisa se préparait à entrer dans un monde bien différent puisque totalement inconnu. En proie au doute et à la peur, j'ai aussi eu besoin de temps pour assimiler ces sentiments. Il me reste à me décider et à franchir la première marche menant à cette nouvelle vie. Cette marche, je la franchis ici et maintenant.

— Quel travail, Lisa ! *Wow* ! Je sais combien il est difficile de prendre ses premières graves décisions d'adulte. Cela requiert beaucoup de courage pour surmonter cette peur presque paralysante. Cependant, cette expérience t'aura apporté une méthode dans ta réflexion. Tu sauras la réutiliser de nombreuses fois encore, car ta vie sera longue. Tu rencontreras de nombreux imprévus auxquels tu devras réfléchir rapidement afin d'agir efficacement... Dois-je en conclure que je peux te compter comme étant le premier Être de mon projet ?...

— Ta mission est celle d'un illuminé, tu es conscient de ton état, Gotyas ? Tu as tout d'un fanatique !...

— C'est vrai, et je l'assume à 100 %.

— Pour autant, je ne peux m'empêcher de penser que tu as raison... de penser que ta vérité est la seule, l'unique ! Je suis arrivée à ce carrefour de vie où ma direction ne peut être motivée que par mes convictions. Or, mes convictions rejoignent les tiennes... Alors je vais t'aider, Gotyas, je vais continuer de livrer le pain en étant attentive à tout Être potentiel que je rencontrerai, ce sera ma façade vis-à-vis de la société. En revanche, je t'aiderai aussi dans ta mission. Tu me donnes l'occasion de commencer à exercer mon métier de juriste ! Alors, entre la Cause et l'occasion d'exercer dans mon vrai domaine... Puisque tu t'assumes à 100 %, je te suis à 100 % en m'assumant en tant que premier Être !

— Super, *wow* ! Viens dans mes bras, et merci pour ta confiance !

— Merci à TOI, Gotyas !

— Maintenant, je t'avoue avoir anticipé ta réponse. Tu vois ce sac à dos ? À l'intérieur, il y a le chiffre d'affaires de ta première année en tant que juriste freelance.

— Comment ça ?!

— En parallèle de ton activité de livreuse, tu vas créer ta microentreprise de juriste, ouvrir un compte professionnel à ta banque et y déposer cette somme d'argent. Ensuite, tu me feras un devis de ce montant pour tes prestations encore virtuelles, que je te signerai, puis la facture correspondante au nom de mon entreprise d'informatique. Tout est clair : tu as un autre statut, tu es indépendante tout en démarrant ton activité

confortablement, en attendant d'obtenir de nouveaux clients.
— C'est génial ! Merci, Gotyas !
— Aux yeux de la société, nous sommes clairs avec des façades solides, cela nous donnera plus de latitude pour effectuer notre travail dans l'ombre, celui qui concerne la Mission.
— C'est encore mieux que ce que je n'osais espérer...
— Tu es le premier Être et j'ai besoin de toi ! La Cause avant tout. Je suis garant de ce projet, de sa conception jusqu'à son exécution, tes conditions font donc partie de mon plan. D'ailleurs, j'ai beaucoup écrit et construit ces dernières semaines. À ce stade, j'ai surtout besoin de toi en dehors de tes qualités de juriste, auxquelles je ferai appel plus tard...
— Que souhaites-tu, Gotyas, dis-moi ?
— Il nous faut une hackeuse, l'Être pirate ! Capable de s'infiltrer n'importe où, de récupérer toutes les informations qui nous seront indispensables. Tu utiliseras ces informations pour dénicher les failles juridiques que nous pourrons utiliser légalement. Il nous faut aussi une avocate, l'Être légal ! Avec laquelle tu monteras nos dossiers, qu'elle sera capable de défendre avec succès face à n'importe quelle cour internationale. Il nous faut la meilleure avocate actuelle, française ou étrangère, dans la défense des droits des femmes. Une combattante autant qu'une originale ! Mais avant de rechercher ces deux profils, il nous faut trouver impérativement notre Être financeur. Celle qui aura la capacité de financer au moins les deux tiers de nos opérations, 100 % dans l'idéal. Je t'avoue qu'à propos de ce dernier profil, je n'ai pas eu la moindre inspiration, d'autant moins en étudiant la liste des femmes les plus

riches ou influentes au monde... Je n'y ai pas ressenti d'Être potentiel...

— Moi, je connais peut-être quelqu'un !... Je voulais t'en parler... J'ai également pris le temps de réfléchir à la Mission, bien que tu en gardes encore les détails secrets... Lors de mes dernières tournées de livraison, j'ai eu l'occasion de discuter avec une dame. Ce n'était jamais arrivé avant, un peu comme lorsque nous nous sommes parlé, toi et moi, la première fois ! Au fil de nos brefs échanges entre femmes quand je la trouvais dans son jardin, elle a fini par m'attendre tous les jours à l'heure de mon passage pour discuter davantage, puis par se confier... À propos de beaucoup de choses qui lui pèsent... Je suis certaine que tu pourras l'aider, Gotyas, et qu'elle ne serait pas ingrate quant à tes services rendus...

— S'il s'agit d'une femme d'ici, étant donné que je ne connais presque personne, je n'en vois qu'une seule...

— La Contessa !

— Aurora Lombardi... »

LA CONTESSA
Uomini del sole

Lisa remarque la demi-surprise sur le visage de Gotyas et l'interroge :
« Tu la connais ?...
— Heuuu, non. Enfin, si, très vaguement...
— Tu n'es pas clair, Gotyas, explique-moi ! Tu n'as pas l'air très satisfait...
— Si ! La Contessa serait un Être parfait pour notre projet et nos besoins...
— Mais quoi ? C'est une de tes amantes ?
— Lisa, voyons ! Pas du tout...
— Gotyas, nous faisons équipe maintenant, pour la même cause ! Dans tes règles de fonctionnement, tu devrais ajouter la clarté et la vérité entre nous !
— C'est vrai, tu as raison... Cela m'oblige... Je n'avais pas encore pensé à ces paramètres, mais...
— Ne change pas de conversation ! Explique-moi comment tu connais cette femme !
— OK... Ne te fâche pas ! Je suis venu m'installer ici il y a vingt ans. Je cherchais déjà à m'isoler de ce monde où j'avais compris que je n'avais pas ma place. J'avais déjà mes convictions, mon projet, ma façade auprès des autres villageois, avec mon entreprise d'informatique, mais je me devais de jouer finement en ce qui concernait ma relation avec eux. Si j'étais trop secret ou renfermé, j'attirerais la curiosité de la population, ce qui aurait pu être préjudiciable à ma mission. Alors, j'ai décidé que tous les cinq ans, je me rendrais à la seule fête du village, à l'occasion de sa brocante. On m'y verrait, me dirait

bonjour, je discuterais avec le sourire, j'arpenterais la brocante en faisant semblant de m'y intéresser, j'écouterais ce que les gens se diraient, diraient sur moi après mon passage devant eux... J'irais boire une bière à la buvette et offrirais des tournées aux quelques personnes se trouvant sur place. Nous engagerions des conversations impersonnelles, suffisamment pour que j'estime avoir été assez vu, pour ne plus attirer l'attention lors des cinq années suivantes, puis je rentrerais chez moi...

— Et donc, le rapport avec la Contessa ?...

— Il y a quinze ans, à cette buvette, j'ai offert une tournée incluant la Contessa, qui se trouvait au comptoir. C'est une femme simple, mais noblesse oblige, elle aime pavoiser au milieu du peuple. Tout comme moi, elle profitait de cette fête pour apparaître auprès des villageois, sensiblement de la même manière : en dévoilant un minimum de sa vie privée pour ne pas attirer l'attention. Elle a certainement ses propres raisons...

— Tu ne me dis pas tout, il y a autre chose pour que ça te préoccupe autant !

— Oui. Quand je lui ai offert cette bière, elle a voulu connaître celui qui l'avait devancée en offrant sa tournée. Ce n'était pas très courant pour une personne aussi fortunée, de surcroît une comtesse, de se voir offrir la même bière que celle de ce brave peuple ! Alors elle s'est approchée de moi pour se présenter et me remercier, car nous ne nous connaissions pas. Puis j'ai remarqué son charme, sa subtilité lorsqu'elle m'a posé des questions qui lui apporteraient de multiples réponses, bien au-delà de la simple question d'origine ! Elle est très rusée ! Curieuse, ingénieuse... Notre discussion m'a obligé à me replonger immédiatement dans mon personnage de geek informaticien un peu coincé ! Je n'ai pas réussi à faire illusion, car quelques jours plus tard, j'ai reçu une lettre manuscrite qu'Aurora avait déposée directement dans ma boîte. Elle m'expliquait qu'elle ne croyait pas un mot de mon discours ! Elle m'exprimait tout le mystère qu'elle percevait derrière mon personnage ainsi que son intention de me connaître davantage. Sa lettre évoquait aussi ses sentiments à mon égard, ce que je lui inspirais. Sa solitude de femme mariée, sa vie insipide. Elle me proposait une rencontre dans un lieu très secret. Quelque part où personne n'aurait connaissance de cette nouvelle entrevue, d'autant plus si elle se transformait en une relation plus intime...

— *Wow* ! Carrément ! Elle a du tempérament, la Contessa ! Et alors, tu y es allé ?!

— Oui.

— Oh là là, Gotyas ! Que s'est-il passé ?

— Rien. Cette femme est magnifique, elle est certainement notre Être, mais j'ai refusé d'être son amant.

— Mais pourquoi ?!

— Pourquoi ?! Parce que mon cœur me faisait ressentir qu'il m'en faudrait peu pour tomber éperdument amoureux d'elle ! Et le fait qu'elle soit mariée était beaucoup trop dangereux pour chacun de nous ! Mais surtout, il m'était impossible d'imaginer devoir la partager avec un autre homme...

— Mais peut-être qu'elle aurait quitté son mari pour toi ?

— Non. Leur mariage n'a pas été que de simples bagues aux doigts devant le maire et une cérémonie à l'église, mais une fusion, des accords entre une banque puissante et la noblesse italienne ! Il n'y avait aucune chance pour que cela arrive ! D'ailleurs, leur situation est toujours la même, quinze ans plus tard, enfin, je pense... De mon

côté, j'étais bien conscient que mon projet avait une importance bien plus grande qu'une triste histoire d'amants, alors j'ai continué de me terrer et n'ai jamais revu Aurora... Maintenant, tu sais tout...
— Effectivement, votre passif peut nous aider tout comme anéantir la Cause et toi avec.
— C'est exactement ça ! Mais de ton côté, que sais-tu d'elle ? Quelles informations as-tu obtenues lors de vos discussions ?
— Eh bien, elle est toujours aussi seule dans son château d'Ulys, si l'on exclut ses domestiques. Elle n'a jamais eu aucun amant, même si son mari ne la touche plus depuis des années, depuis quinze ans ! Tiens ?...
— Ha ! Ha ! Ha ! C'est très drôle ! Très malin, ça, Lisa !
— Hihihi ! Je n'ai pas pu m'en empêcher ! C'était un peu d'humour pour te détendre, Gotyas. Car nous avons certainement une porte d'entrée très intéressante que l'on pourrait exploiter, un problème auquel tu as la solution.
— Moi ? Je devrais intervenir auprès d'elle ?!
— Oui mon cher !
— C'est juste hors de question !
— Attends ! Si je te dis que tu ne prendras aucun risque vis-à-vis d'elle et que solution égale argent ? Beaucoup d'argent, même ! Tu écoutes mes autres informations ?
— Je ne peux être plus attentif !
— Pourquoi son mari la délaisse ? Tout simplement parce que toutes les industries de la comtesse prennent l'eau ! Il doit se rendre partout dans le monde pour tenter de résoudre les problèmes et l'hémorragie financière qui en découle ! Car Monsieur provient certes d'une famille de banquiers, mais il n'en a ni la fibre, ni le flair. C'est par leur mariage que la Contessa lui a apporté sa fortune et que depuis des années, elle comble les pertes

financières de son mari, qui interagit mal avec ses industries. Ce malheureux court derrière son honneur, sa fierté, en tentant tout pour que ses entreprises se maintiennent. Il est honteux d'utiliser la fortune de sa femme, qu'il voit fondre comme neige au soleil, mais il est acculé et n'a aucune idée pour sauver la situation. Alors, entre ses obligations et la honte, il n'est jamais au château. Il tente sans relâche d'écoper l'eau d'un bateau qui ne cesse de sombrer...

— C'est triste... Mais la bonne nouvelle est qu'effectivement, tu as trouvé une possible occasion de récupérer beaucoup d'argent, ce qui permettra de financer notre mission. Tu as parlé de moi à Aurora ?

— Non, je lui ai juste dit que j'avais eu la chance de ne pas avoir été seule lors d'une période difficile, que quelqu'un m'avait aidée pour tout. Quand elle me parlait de ses problèmes personnels, je lui ai suggéré un psychologue, mais elle le consultait déjà. À propos de ses ennuis financiers, elle m'a expliqué qu'elle n'avait aucune possibilité d'intervention autre qu'en payant, n'appartenant à aucun conseil d'administration et ayant laissé les pouvoirs à son mari !

— OK ! J'ai un plan ! Je vais rencontrer Aurora et lui parler. Je crains ce contact, mais si tout se passe bien, je récupèrerai toutes les informations nécessaires à l'élaboration de ma solution. De ton côté, tu les utiliseras pour trouver la faille juridique qui permettra à la Contessa d'obtenir un pouvoir de décision dans toutes ses entreprises. Je ne pense pas que tu aies la partie la plus compliquée de ce plan...

— Je ne le pense pas non plus, mais ça me mettra en jambe pour rédiger le contrat entre la Contessa et toi !

— Bien vu ! C'est encore mieux ! Car je pense que cette chère Aurora va me demander beaucoup de travail...

— Tu sauras donner de ta personne, je ne m'inquiète pas pour ça !...
— C'est très drôle ! Très spirituel, ça aussi ! Très adulte, surtout !
— Hahahahaha ! Notre conspiration, en temps de paix, peut nous condamner à la prison à vie. En temps de guerre, au peloton d'exécution. Quitte à tout perdre, j'aime autant que ce soit avec tout mon humour, pas toi ?
— Je n'avais pas pris en compte cet autre paramètre, mais tu as entièrement raison !
— Et puis, je commence à te connaître... Tu es mon Être, toi aussi ! D'ailleurs, je ne t'ai pas parlé de ma réflexion quant à nous deux, notre moment d'amour intense, et tu ne m'as posé aucune question...
— Je savais simplement que tu en parlerais au moment où tu le souhaiterais, je ne voulais pas t'embarrasser...
— Alors, sache que je suis entièrement d'accord avec toi : nous ne vivrons que d'amour... Tu verras !
— J'en suis convaincu, adorable Lisa...
— Pour en revenir à notre projet, tu comptes t'y prendre comment, pour cette nouvelle rencontre avec la Contessa ?
— Tu penses la revoir quand ? Demain ?...
— C'est possible, sûrement !
— OK ! Donc demain, quand tu la verras, tu lui expliqueras que tu as discuté avec la personne qui t'a aidée, qu'elle peut certainement lui être utile et qu'elle t'a chargée de lui transmettre un message.
— Quel message ?
— Un rendez-vous inscrit sur ma carte de visite, elle comprendra... »

Gotyas écrit alors son message, on ne peut plus bref, au dos d'une de ses cartes : « Demain, 22 h, *panic room.* »
Il le donne à Lisa dans une simple enveloppe.
Le lendemain, comble de malchance, Lisa n'aperçoit pas la Contessa dans son jardin. Elle fait appel à l'un des domestiques pour qu'il demande à la châtelaine de bien vouloir venir jusqu'à elle, afin qu'elle puisse lui remettre ce message important. Lorsqu'arrive Aurora à la hauteur de Lisa, cette dernière lui explique, comme prévu, le pourquoi de ce message, mais ne s'attend pas à ce que son interlocutrice l'ouvre devant elle ! Surprise, la comtesse reprend son attitude de châtelaine en répondant à Lisa :
« Quel homme fascinant, ce Gotyas... N'est-ce pas, ma petite ? Vous lui direz que je serai au rendez-vous, je l'attendrai, comme je l'ai fait durant quinze ans... »

Surprise à son tour, Lisa repart sans mot dire, puis transmet cette réponse verbale par SMS à Gotyas.

Le jour J, non sans stress intérieur, l'homme se prépare à ce rendez-vous comme s'il s'agissait d'une opération commando.
Tenue sombre, rangers, poignard, il tient à se confondre avec les ombres de la nuit, sous le seul regard de la lune. À 21 heures 30, le crépuscule ayant pris la fuite, il descend à pied le chemin agricole bordant sa maison, qui l'emmène jusqu'à la rivière, puis traverse un vieux pont de bois.
Se retrouvant ainsi dans une prairie entourée de bosquets, il a une vue imprenable du château scintillant de toutes ses lumières dans le lointain.

Encore deux prairies franchies discrètement, lorsqu'à la lisière d'un bosquet, Gotyas s'interroge sur sa bonne mémoire du lieu.

Il cherche au sol, entre les ronces, avant de ressentir cette souche factice au couvercle amovible sous lequel apparaît un boîtier à code électronique.

Six chiffres à taper dont l'homme se souvient parfaitement, s'agissant de la date de sa première rencontre avec Aurora : 20/08/06.

Cinq mètres plus loin, une séquence extraordinaire s'exécute : un tas de bois empilé se soulève en même temps qu'une trappe souterraine s'ouvre, laissant apparaître une faible lumière rouge.

Gotyas descend les escaliers de ce boyau rubicond, puis emprunte un long couloir rectiligne, taillé et maçonné dans la roche, avant de remonter par un dernier escalier traversant les entrailles du château.

Après ces 500 mètres de parcours souterrain se dresse une dernière porte étanche, identique à celle d'un sous-marin.

Il prend quelques secondes afin de rassembler ses idées, avant de tourner le volant central, se sentant prêt à improviser face à l'inconnu.

Lorsque la porte s'ouvre sur la *panic room*, la voix de la Contessa ne se fait pas attendre :
« Alors, Gotyas ! Quinze ans pour ouvrir de nouveau cette porte... Tu dois avoir un peu soif, après ce long parcours... Champagne ?... »

Bien que troublé par cet accueil direct, l'homme n'en reconnaît pas moins les lieux, la chambre secrète de la châtelaine.

Plus qu'une *panic room*, avec son tunnel direct permettant de s'échapper de la propriété, la pièce n'en est toutefois qu'une parmi bien d'autres.

Ce complexe est une véritable maison souterraine de 300 m², avec toutes les caractéristiques d'un abri antinucléaire. Elle fonctionne en autonomie, avec tout le luxe et la modernité du moment.

Contrairement au design moderne du reste du complexe, la décoration de la chambre correspond à l'époque préférée de la comtesse, celle du règne de Louis XIV !

Tout est dans le style de cette période : les meubles d'ébène, les dorures, les sculptures, les tapisseries de velours rouge donnant à la pièce sa couleur unique...

Centré au fond, un immense lit d'ébène sculpté, avec ses quatre grandes colonnes soutenant un ciel drapé lui aussi de velours rouge. Il trône par sa présence imposante tel le siège de l'amour, le foyer de l'érotisme.

Aurora se tient au milieu de cet univers d'antan, servant deux coupes de champagne. Gotyas reste encore figé face à sa beauté ensorcelante : elle est grande et a de longues jambes, fines et mates comme tout le reste de son corps ; une beauté rehaussée par sa généreuse poitrine.

Elle a le visage d'un ange avec une petite bouche charnue en forme de cœur. En revanche, son regard est aussi noir que ses longs cheveux détachés, que ce déshabillé de satin qu'elle porte comme un écrin pour sa perfection latine.

« Bonsoir, Aurora. Tu es toujours aussi belle, le temps refuse de t'effleurer...

— Toujours aussi charmeur, mon cher Gotyas... Nous avons le même âge ! Je peux donc te retourner le compliment, tu sembles encore très en forme, le poivre et le sel de ta barbe te rendent encore plus mâle...

— Tout comme tes quelques cheveux blancs, si joliment placés, affirment ton caractère de feu.

— Alors, dis-moi, Gotyas, tu m'as demandé ce rendez-vous pour me flatter ou ton intention est-elle enfin de me faire l'amour après toutes ces années perdues ?... Tiens ! Cette coupe de champagne te rendra peut-être plus loquace ?

— Merci, Aurora. Tu as raison, j'irai droit au but. Mon intention n'est ni de te flatter, ni de te faire l'amour, mais plutôt de te *parler* d'amour...

— C'est un bon début, tu m'intéresses...

— Tu l'as compris maintenant, je suis en relation avec Lisa depuis quelques mois, elle travaille pour mon compte car elle se lance en tant que juriste indépendante, en parallèle de son petit job en boulangerie. Sans penser à mal, elle m'a parlé de toi car elle t'estime beaucoup, elle ne savait pas que nous nous connaissions.

— Elle est très sympathique, moi aussi j'apprécie cette jolie jeune fille. Elle a de la chance de t'avoir comme client et de pouvoir entrer dans ton univers... Elle doit bien te connaître maintenant... non ?...

— C'est justement parce qu'elle me connaît bien qu'elle a pensé que je pourrais t'aider... Elle m'a expliqué tes problèmes avec ton mari, et m'a parlé de votre relation qui s'est dégradée au fil des années. De ce brave type qui passe son temps à courir derrière une faillite presque inévitable au point d'en oublier de chérir sa femme, de la sacrifier par son absence... Cependant, cette dernière est toujours présente pour renflouer financièrement ses épaves d'entreprises qui revivent alors à nouveau, momentanément...

— Mon mari... Il se moque de moi autant que toi... Il y aura toujours de l'argent, il le sait, mais il continue de se faire du mal... Il y a bien des choses qu'il ne comprend toujours pas ! Parfois, je me demande s'il est bien un homme... Ou peut-être préfère-t-il les hommes, maintenant ?!
— Aurora ! Je ne me moque pas de toi ! Tu sais bien que tu ne me laisses pas insensible, au contraire. C'est aussi pour cette raison que je suis devant toi aujourd'hui !
— Tiens donc ? Tu t'es réveillé soudainement avec mon cas sur la conscience ? Mieux vaut tard que jamais ! Pauvre chéri !... Il n'y a plus grand-chose que l'on puisse faire à une femme comme moi aujourd'hui...
— Allons, Aurora !... Ton mari, tu l'aimes encore ?
— J'aime le souvenir de nos débuts. Mais cet homme-là a disparu...
— Et si je t'apportais une solution te permettant à la fois de récupérer ton mari et d'arrêter cette hémorragie financière, pour prospérer durablement ?...
— Pardon ?...
— J'ai la capacité de t'apporter cette possibilité... Cela t'intéresse ?
— La seule chose qui m'intéresse, c'est de retrouver l'amour, un homme digne de ce nom ! Penses-tu que mon mari l'ait, cette "capacité" ?
— Je peux essayer de travailler en ce sens... Et je peux déjà te garantir de gagner de l'argent et de le dégager de ses obligations. Le reste se passera entre vous, cela ne me concerne pas...
— Tu es si étonnant, mon cher Gotyas ! Tu réapparais spontanément avec ta proposition sous le bras alors que je m'attendais à autre chose, logiquement de plus sensuel. Mais au contraire, tu veux sauver mon couple, alors que tu aurais pu m'en sauver il y a bien longtemps en

m'emportant dans tes bras ! Tu veux aussi sauver mes entreprises, me faire gagner de l'argent ! Mais quel est ton but ? Quel est ton intérêt dans tout cela ?

— Tu as raison... Je t'ai abandonnée à ton sort... J'avais d'autres projets en tête... Il m'était juste impossible de te donner mon amour et de devoir te partager avec ton mari...

— Mais Gotyas, il n'y avait déjà plus rien entre lui et moi à cette époque ! Je t'ai attendu et n'ai jamais eu un autre homme dans ma vie !

— J'en suis maintenant conscient... Te dire que j'en suis désolé ne te consolerait pas davantage...

— Alors ? Pourquoi souhaites-tu tellement m'aider aujourd'hui ?...

— Je vais te décevoir avec la raison principale : l'argent ! Ces projets que j'avais en tête sont sur le point de se réaliser, seulement, cela nécessite encore beaucoup de fonds que je n'ai pas...

— Quelle ironie ! Tu n'as que l'amour et je n'ai que l'argent ! Finalement, aucun de nous deux n'est heureux...

— Du moins pas à 100 %, avec un bonheur complet... Ma seconde raison est que si tu acceptes ma proposition, nous devrons nous revoir, ici, en secret. J'aurai besoin de ta contribution à la fois pour que tu me fournisses des informations et pour que je te présente cette solution dans son intégralité, avant ton acceptation définitive... Je ne te cache pas que ce serait un réel plaisir pour moi de passer tout ce temps avec toi... Ce ne serait pas pour chercher à regagner ce temps que nous avons perdu dans le passé, mais une construction commune qui nous liera pour un meilleur avenir...

— Hmmm, Gotyas... petit malin ! Tu sais quelle emprise tu as sur moi, à quel point j'ai du mal à te résister. Je

pense que mon destin avec mon mari est scellé depuis longtemps, il s'est perdu en même temps que lui !... Si j'accepte ta proposition, ce n'est que dans le but de te revoir et de passer ces moments avec toi, rien d'autre ! Après, l'argent... pourquoi pas ? Une comtesse a toujours besoin d'argent ! Mais il ne fait pas mon bonheur pour l'instant...
— Dois-je interpréter ta réponse comme un "oui" ?
— Tu peux... *bello* ! Tu me parleras aussi de tes projets...
— Rien d'autre que de simples agrandissements de mon entreprise !
— Voyons... pas à moi ! Tu as autre chose en tête, tu n'es pas ce simple geek coincé, comme tu aimes à le faire croire ! Tu pourrais faire beaucoup plus et tellement mieux...
— Nous en reparlerons... plus tard... si tu le veux bien... J'ai toute une liste d'informations à te demander, je peux te montrer ?... »

Les deux amis éconduits par leur destin s'attablent ensemble pour la première fois dans le faste de ce lieu secret, autour de la liste, prérequis à cette entreprise commune.
Gotyas demande à la Contessa l'organigramme de tout son empire, de chaque entreprise, les localisations, les produits, la comptabilité, les statuts.
Elle lui promet de lui communiquer toutes ces informations trois jours plus tard, même endroit, même heure, laissant encore un peu de temps à son amant transi pour peaufiner l'esquisse de sa solution.

Le soir de ce nouveau rendez-vous, Aurora se montre plus comme une femme d'affaires que comme une femme fatale.

Ces derniers jours de recherche lui ont apporté une réelle dynamique, une motivation.
Son hôte n'analyse pas encore le phénomène, en dehors de cette positivité générale qui émane de l'attitude et de l'implication de la Contessa.
Par l'intermédiaire de Lisa, il lui promet un prochain rendez-vous d'ici quelques semaines, lorsque sa solution sera prête pour une présentation finale.

Il emporte ces données qui seront les muscles sur le squelette de ses ébauches.
Dans le boyau qui le ramène vers la surface de cet autre monde, Gotyas se réjouit de posséder ces documents et clés USB. Il sait qu'il saura en utiliser l'essence même afin de réussir cette nouvelle entreprise déterminante pour la réalisation de sa mission, la concrétisation de la Cause, la plus grande de toutes !
À la sortie du tunnel, il prend soin de refermer la trappe et de camoufler à nouveau son boîtier de commande. Mais en empruntant le chemin du retour, 200 mètres plus loin, il distingue l'ombre d'une personne, debout puis tapie à l'orée d'un bosquet, avant qu'elle ne s'enfuie en courant avec la foulée d'un excellent sportif.
Surpris, perplexe puis inquiet, Gotyas ne peut entreprendre une poursuite, il est bien trop loin et chargé de documents importants.
Il presse le pas jusque chez lui, à l'affût d'une autre présence potentielle, tout en se jurant d'éclaircir le mystère de cette apparition nocturne. Il devra redoubler de prudence lors de ses prochains déplacements par le tunnel.

Une fois dans sa tanière, le rôdeur de la nuit s'empresse de faire un premier point sur le contenu des documents :

il les classe après les avoir scannés et note chaque point qui lui sera utile dans l'élaboration de sa solution.

Il prépare pour Lisa tous les documents juridiques, qui lui seront indispensables.

Enfin, il prend le temps de souffler, de remettre son travail au lendemain devenu présent, à cette heure matinale.

Il ne peut cependant s'empêcher de penser à ces derniers jours : Lisa, le premier Être, ses retrouvailles avec la Contessa, leurs collaborations. Il éprouve une certaine satisfaction à l'idée que cet entourage grandissant lui permette d'avancer dans sa mission suprême.

Pourtant, sa sérénité est loin d'être acquise. Il pense à cet inconnu nocturne, fuyant dans la forêt...

Les deux mois suivants, Gotyas travaille avec acharnement sur la solution qu'il compte apporter à Aurora.

L'aspect juridique ne pose aucun problème à Lisa, tant sur l'existant qu'en ce qui concerne les modifications à venir.

Elle accompagne chaque avancée de son mentor en y apportant une structure légale incontestable, jusqu'au contrat final entre l'homme et la Contessa.

Elle termine en transmettant à Aurora un message l'invitant à un ultime rendez-vous avec Gotyas, même lieu, même heure, afin que ce dernier lui présente son projet.

Ce soir-là, le Transcendant redouble de vigilance, de prudence, tout au long du parcours le menant à l'entrée secrète du tunnel.

Ses lunettes de vision nocturne ne détectent aucune présence autre qu'animale, ainsi, il s'engouffre plus détendu dans ce boyau au bout duquel l'attend un autre destin.

La Contessa est déjà présente dans l'abri souterrain.

« Eh bien, Gotyas, tu sais décidément te faire désirer ! Quinze ans, deux mois de plus dans le secret le plus total... Lisa m'a expliqué que tu étais enfin prêt ?

— Bonsoir, Aurora. Bien que ce temps t'ait paru long, il a été très bref pour ma part. Après tout, j'ai travaillé à te recréer un empire...

— Un empire ? Rien que ça ?! Viens t'attabler comme tu as maintenant l'habitude de le faire, tu connais le lieu. Tu vas tout m'expliquer.

— Très bien ! Dans un premier temps, je vais te présenter mon étude sur toutes tes entreprises ainsi que celle de ton mari. À partir de celle-ci, tu remarqueras par toi-même tous les problèmes qui se posent, ce qui m'amènera à la solution que je te propose ainsi qu'au contrat en bonne et due forme que nous signerons ensemble.

— Tu m'as l'air bien sûr de toi !...

— Certainement plus sûr de ce que je peux t'apporter que de ta situation actuelle...

— Bien ! Je t'écoute...

— Jusqu'en 1850, ta fortune s'est construite grâce au secteur agricole avec de grands domaines ancestraux entre l'Italie et la France. L'industrialisation a amené ta famille à se moderniser dans ce secteur, en achetant les premières machines puis en les construisant pour la revente. Ce travail de la terre et cette modernisation vous ont offert des capitaux supplémentaires qui ont été immédiatement investis dans l'achat et la création de mines d'extraction de différents minerais : charbon, fer, fluorine, barytine, etc. Une fois encore, vous avez su exploiter le savoir-faire de vos ingénieurs quant au principe de l'extraction et de la conception de machines, des concepts que vous avez revendus ensuite dans le monde entier. La fortune du côté de ton mari s'est constituée entre l'immobilier et la finance. L'union de vos deux familles représentait un intérêt évident, un moyen de vous diversifier dans des activités complémentaires, l'une exploitant le sol et l'autre les investissements fructueux qui en découleraient. Seulement, depuis quarante ans, votre empire décline. Certaines de tes mines sont taries, l'intérêt pour certains minerais est devenu moindre, comme pour tout ce que ta famille a produit à partir de ces matières premières. Quelques terres ont été revendues, mais le secteur agricole reste ce qui fonctionne le mieux malgré une crise de plus en plus importante. Ton mari, lui, tire son épingle du jeu avec la finance et les assurances-vie. Dans un premier temps, il a vendu de nombreux biens et placements immobiliers pour éponger les pertes dues aux activités de ta famille. Puis, acculé, incapable d'avoir une vision de l'avenir, de se renouveler, de décider, il n'a plus compté que sur ta fortune cumulée au fil des décennies pour éponger l'hémorragie financière de toutes tes entreprises minières et de celles qui en dépendent... À ce rythme, dans moins de dix ans, il ne te restera plus que tes exploitations agricoles...

— Une paysanne, voilà ce que je vais devenir ! La mal-aimée d'un petit banquier frustré !

— Ne te fais pas autant de mal, j'arrive à ma solution... Le constat est que, durant ces nombreuses années, ta famille et ses décisionnaires ont toujours su se diversifier, se renouveler à travers les besoins des nouvelles époques. Mais cela s'est arrêté net dès que ton mari a pris les rênes des entreprises de tes mains, n'étant pourtant ni un expert, ni inspiré par ce type d'activités. Il est donc temps pour toi de les renouveler rapidement, pour les faire entrer dans une nouvelle ère.

— Je suis très consciente de ce déclin... Tu as parfaitement conté toute l'histoire économique de ma famille. Alors, que proposes-tu pour remédier à ces problèmes ?

— Heureusement, tu as conservé la propriété de chacune de tes entreprises et dans tous les cas, ton mari n'est qu'un décisionnaire salarié !

— Tout comme je ne possède aucun de ses biens immobiliers ni aucune de ses banques...

— Cela représente un point très positif te permettant de donner tes directives, de décider et de veiller à ce que tout soit appliqué. Sache que tu as racheté plusieurs fois certaines de tes entreprises pour éviter leur faillite ! Néanmoins, elles sont toujours présentes et il n'est pas trop tard pour les reconvertir...

— Les reconvertir ?... Mais en quoi ? Comment ?

— L'écologie ! L'industrie verte va te faire enfin entrer dans l'ère du XXIe siècle ! Tu en seras le fleuron européen, dans la lignée de tes ancêtres, avec le même esprit de pionnier ! J'ai imaginé un nouveau destin pour chacune de tes entreprises ; aucune perte, uniquement des investissements et non des sauvetages financiers désespérés...

— Tu m'intéresses de plus en plus, dis-moi maintenant comment concrétiser tout cela...

— Le sol, les produits du sol, comme tes ancêtres l'ont toujours fait, mais nous allons les remettre à jour ! Nous allons détruire et enfouir tes mines presque taries en charbon, en barytine et en fluorine avant de les niveler pour exploiter différemment leurs emplacements. En revanche, même avec une production inférieure, nous

allons conserver celles produisant lithium, nickel, cobalt et manganèse...
— Quel est le but ?
— Dans un premier temps, sur les emplacements des mines détruites, nous allons créer d'immenses parcs de panneaux solaires dont nous revendrons la production électrique. Dans un second temps, après avoir étudié ces premiers panneaux achetés aux Chinois, nous en construirons nous-mêmes ! Grâce à tes usines, qui jusqu'à présent utilisaient barytine et fluorine pour la fabrication de composants pour téléviseurs et réfrigérateurs. La Chine a le monopole de la fabrication de panneaux solaires, car en Europe, il n'y a qu'un seul fabricant, qui est allemand ! Nous produirons différents types de panneaux, tant pour l'industrie que pour les particuliers. Tes mines restantes seront destinées à nous fournir les matières premières, ce qui nous permettra également de réutiliser certaines de tes usines en les convertissant en de nouvelles unités de fabrication de batteries pour automobiles électriques ! Une fois encore, les Chinois ont ce monopole, mais l'Europe veut impérativement obtenir son indépendance dans ce domaine. Il existe donc de nombreuses aides européennes en ce sens, pour développer ces industries vertes et ne plus dépendre de la Chine. C'est un chemin vers l'indépendance énergétique qui te permettrait de diminuer tes investissements de départ avant d'obtenir tes premiers profits... Ce qui est certain, c'est que tu devras t'entourer d'une équipe d'ingénieurs de la même trempe que ceux de tes ancêtres !
— Incroyable !... Tu as pensé à tout !
— J'ai préféré t'expliquer oralement, sans entrer dans les détails pour tu puisses avoir une meilleure compréhension générale. Mais dans cette clé USB, tu

retrouveras mes explications, prérequis, études, analyses, projets chiffrés et plans pour chaque entreprise. Tu as maintenant cette solution entre tes mains, il te reste à agir, à ta guise. Peut-être est-il temps que tu reprennes toutes les rênes de tes entreprises ? Je suis convaincu que tu es faite pour ça, mais tu vas devoir imposer ta volonté auprès de ton mari. Pour le reste, je ne m'en fais pas, car tu as toutes les qualités d'une femme d'affaires accomplie ! Les conditions de ton mariage t'ont simplement placée sur la touche de ton destin, qui aurait dû être le même que celui de tes aïeux. Contractuellement, ton mari a pris ton rôle, cela l'a accaparé, il n'était pas fait pour ça et s'est progressivement éloigné de toi. Certes, tu auras du travail, cela t'éloignera peut-être aussi de lui par moments, mais il sera plus présent au château en n'ayant plus à gérer que ses propres affaires. Alors, vous vous retrouverez, peut-être même qu'avec ce nouveau temps disponible, vous vous redécouvrirez, vous apprendrez à vous aimer comme vous n'aviez jamais eu l'occasion de le faire ?...

— Nous aimer ?!... J'ai voulu y croire, au début de notre mariage... Bien que nos parents nous aient vendu les qualités de chacun, lui comme moi avons vite compris que cette union n'était qu'une fusion conclue entre nos deux empires. Nous nous appréciions avec respect, sans avoir de sentiments réellement profonds l'un pour l'autre. Nous avions accepté cette vie imposée. Mais peut-être as-tu raison ? Le cataclysme provoqué par ma décision pourrait engendrer une nouvelle forme d'amour...

— Je te le souhaite...

— Vraiment ?... Dis-moi, Gotyas, quel serait ton rôle dans tout ça ? Nous avions discuté de ta motivation

– l'argent –, mais tu ne m'en as pas parlé dans ta présentation...

— Dans cette même clé, tu trouveras également mes devis pour tous les services que je souhaiterais te fournir ; j'ai chiffré tout le travail en rapport avec cette solution que je t'apporte. Je peux également t'aider comme conseiller, tant pour toute ta mise en place que pour tes recrutements d'ingénieurs, voire de directeurs généraux. Mais le plus important à mes yeux, pour mon entreprise et mes projets, est sous forme d'un autre devis. Je souhaite être ton unique prestataire pour toute l'informatique liée au fonctionnement et à la gestion des panneaux solaires, des dernières mines, à la construction des nouveaux panneaux ainsi que des batteries électriques. Bref, je souhaite créer, contrôler et gérer toute l'informatique de toutes tes entreprises. D'ailleurs, tu trouveras aussi un contrat qui nous liera, sans limite de durée, avec un pourcentage me revenant sur le chiffre d'affaires total généré par tes entreprises.

— Rien que ça ! Tu m'as parlé de tes grandes valeurs et de tes idéaux, mais je constate que tes intérêts n'ont décidément rien de gratuit...

— Je ne te l'ai jamais caché, bien que je n'aime pas parler d'argent pour mon propre compte ; mes projets sont autrement plus importants...

— De simples projets d'agrandissement de ton entreprise, n'est-ce pas ?...

— Oui, mais n'oublie pas, si l'argent est un point important, il ne fait pas tout ! En travaillant au développement de ton nouveau groupe, que j'ai nommé Uomini del sole, nous aurons cette occasion de passer plus de temps ensemble. Il s'agit bien de ma seconde motivation quant à ce projet, qui est maintenant entre tes mains...

— Uomini del sole ? Les hommes du soleil, quel beau nom ! Tu me flattes jusqu'au plus profond de mes origines, Gotyas ! Tes mots devancent ton charme naturel... Bien ! Dans l'ordre : je vais lire l'intégralité de tes documents – je ne doute pas que toutes les sommes demandées sont à la hauteur des services rendus. Ensuite, je m'interrogerai pour la première fois sur le sens que je souhaite le plus profondément donner à ma vie. L'aristocratie italienne ne m'a jamais accordé de grandes libertés, ni offert de latitude pour faire mes propres choix de vie. D'autant moins en étant une femme ! Aujourd'hui, la plupart de ces anciens décideurs sont au ciel, et c'est à mon tour d'être à l'avant-poste de cette noblesse moderne. J'ai perdu beaucoup de temps dans ma vie, je n'ai pas pu faire grand-chose d'utile, de passionnant ou simplement pour moi-même... Je vais m'octroyer ce temps nécessaire, salvateur, pour étudier, réfléchir, prendre mes propres décisions, et je te tiendrai informé par l'intermédiaire de Lisa, notre bien-aimée messagère.

— Tes paroles n'expriment que la sagesse, j'ai foi en tes choix. Dorénavant, c'est moi qui t'attendrai, Aurora...

L'INVITATION
Au château

Depuis son dernier entretien avec la Contessa, Gotyas se consacre à une autre préoccupation : cette silhouette nocturne qu'il a aperçue lors de ses déplacements secrets pour se rendre au château.

De l'interrogation, il passe à une forme d'obsession pour la sécurité nourrie par sa paranoïa. Alors, durant deux semaines, il passe une bonne partie de ses nuits à la chercher dans la campagne environnante.

Il utilise ses outils les plus modernes pour scruter, analyser la moindre trace au sol, la branche cassée qui ne l'était pas la veille, les feuilles d'arbres qui ne sont plus à la même place, la mousse qui a été grattée ou les fleurs piétinées.

Il trouve des pièges se confondant avec la nature, manufacturés à la perfection ; des collets pour attraper différents types d'oiseaux, des lapins, et d'autres plus grands pour les ragondins, au bord du ruisseau.

Il repère des traces de pas, toujours nouvelles et fraîches, correspondant aux relèves de ces pièges et à leur installation sur de nouveaux emplacements.

Les jours et les heures varient selon ses mouvements, il est imprévisible et ne se manifeste que par une présence cachée, fuyante.

Parfois, Gotyas arrive à temps et la victime emprisonnée par l'un de ces pièges est encore vivante. Dans ce cas, il la libère avec précaution, avec tout son amour pour cet être vivant innocent qu'il réussit à sauver.

Il regarde ainsi repartir un faisan ou un ragondin à l'œil hagard.
Mais pour ne pas éveiller les soupçons, il retend ces pièges fourbes, prenant son mal en patience afin de pouvoir piéger lui-même leur propriétaire.
Il n'a plus aucun doute quant à l'activité nocturne de cet inconnu, il s'agit bien d'un braconnier.
À son tour, il fait appel à la ruse. Ne le croisant pas lors de ses sorties, il prépare tout un arsenal technologique pour capter sa présence, ses mouvements, son image ainsi qu'une programmation qui le préviendra.
Dans sa tanière, il prépare deux drones furtifs avec caméras thermiques à vision nocturne, invisibles, inaudibles. Ils couvrent tout le secteur en effectuant des va-et-vient, l'avertissant de toute présence humaine sur son écran d'ordinateur et revenant automatiquement à leur base après leurs quêtes secrètes.
Il place également diverses caméras fixes, judicieusement disposées en face de ces multiples guets-apens dans l'espoir de capter l'image de ce ou de ces braconniers.
De chez lui, il attend patiemment, comme un pêcheur au bout de sa canne, il guette la moindre alerte sur son écran. Ces dernières sont parfois fausses, perturbées par les hasards de la nature, la météo ou d'autres ondes radio qui pullulent, même au milieu de cette campagne perdue. Cependant, leur puissance technologique quasi infaillible demeure un bien plus grand piège pour le contrevenant qui le tourmente. Moins violemment, les caméras fixes du piégeur réussissent à capter cet humain, qui finit par laisser son image sur plusieurs d'entre elles.
Fort de sa réussite, Gotyas commence son analyse :
« Alors, montre-moi qui tu es, petit malin !... Tiens ! Une tenue militaire comme les miennes : veste et pantalon de

treillis, rangers français... Merde ! Il porte une cagoule, je ne distingue pas son visage... Que de précautions ! Rusé et discret... »

Toutefois, les images sont bien plus parlantes en ce qui concerne les activités nocturnes de cet homme masqué : il retend certains pièges et récupère ses proies sur d'autres de ses mortelles installations. Elles le montrent en bordure de ruisseau, portant un couteau de chasse ainsi qu'un arc avec lequel il transperce de paisibles ragondins de ses flèches assassines.
Gotyas ne tient plus en place, il enrage, son cœur se gorge de haine, de dégoût face à chacune de ces vies qui s'envolent sous ses yeux en temps réel.
Ayant localisé le braconnier, il hésite à intervenir immédiatement, mais choisit une préméditation plutôt qu'une action qui fera fuir cet habile coureur de nuit.
Il préfère encore ronger son frein pour une action efficace, une intervention définitive auprès de cet être qui, à ses yeux, n'a les traits que d'un assassin.
Il fulmine devant son écran :
« Un jour, c'est moi qui t'attraperai ! Tu comprendras ainsi le vrai sens de la vie, salopard ! Tu passeras la nuit la plus froide de ta misérable existence de lâche ! Après avoir été chasseur, tu deviendras mon gibier de potence, crois-moi ! »

Durant les deux semaines suivantes, le pseudo-geek rôde dans la zone le jour, afin de repérer tout le parcours, les passages du braconnier, et poursuit ses observations de nuit via les différents modes de ses caméras.
Gotyas parvient à retracer son chemin et tente de le remonter jusqu'à sa source, mais les traces du braconnier s'arrêtent au bord d'une route goudronnée, laissant le

chasseur dans l'embarras devant deux directions opposées.

Néanmoins, le parcours, le mode opératoire, les fréquences de visite – en lune décroissante – restent les mêmes.

Alors, après avoir tout étudié en détail, le prédateur de l'homme en vient à élaborer différents plans dans l'intention d'en découdre avec ce prédateur de la nature. Il le traquera et le piègera de la même façon que ce dernier l'a fait avec ces animaux que Gotyas chérit tant.

Ce fou de nature passe encore plusieurs jours et nuits à repérer, disséquer le parcours de sa cible, à sélectionner le lieu et le piège idéals, autant dans une recherche d'efficacité qu'en pensant à la jouissance que lui apportera sa future prise.

Ce dernier sentiment n'a rien de sadique, il est plus proche du fanatisme. Il ne découle que de sa croyance profonde en sa Mère Nature, de son investissement, de son soutien envers elle en tant que bras humain armé. Supprimer un de ses destructeurs, au-delà du devoir, est un profond bonheur lui apportant sa propre plénitude.

Il porte son choix sur une pente surmontée d'un chêne encore jeune dont l'une des branches montantes la surplombe.

Le braconnier a pour habitude d'y tendre un collet à lapins qu'il vient régulièrement vérifier lors de ses tournées nocturnes.

Notre habile vengeur y élabore également un autre collet, mais pour piéger l'homme. Tressé avec des lianes, il est ainsi quasi invisible, se confondant avec le reste de l'environnement.

À proximité de cet anneau fatal, à l'aide de deux bâtons dont l'un sera solidement planté dans le sol, il confectionne un taquet tenseur et un déclencheur. Il y attache le reste des lianes jusqu'au sommet de la branche qui opère sa courbe.

À l'arrière, au commencement de cette courbe, Gotyas installe judicieusement un palier sur lequel il place une lourde bûche attachée au sommet par d'autres lianes.

Quand le piège se mettra en marche, elle procédera à une seconde tension en tombant, hissant la prise de tout son poids jusqu'à la cime de la branche.

L'homme sera ainsi suspendu par un pied au-dessus du vide sans possibilité de redescendre, à moins de tomber, ce qui lui serait fatal.

L'ingénieux piégeur termine son invention en camouflant naturellement le collet sous un léger tapis de feuilles mortes et s'en retourne à son repaire.

Près de son portail, il aperçoit Lisa qui l'attend, avant de l'aborder :

« Gotyas ! J'ai du nouveau pour toi, ce message de la Contessa !

— Salut, Lisa ! Merci. Elle ne t'a rien dit d'autre ?...

— Non, seulement que c'était assez urgent, c'est pourquoi je suis revenue sur mes pas pour te trouver avant de reprendre ma distribution de pain.

— Tu as le temps de prendre un café avec moi ? Nous en profiterons pour lire ce billet ensemble...

— Si tu veux, mais je ne m'arrête que brièvement. »

Le temps d'entrer dans la maison, que le maître des lieux prépare le café, les deux complices découvrent ensemble cette ultime correspondance...

« Mon cher Gotyas,

J'ai pris le temps d'étudier soigneusement l'ensemble de tes solutions, de tes divers documents...

Le moment m'a semblé propice pour prendre certaines décisions, et j'en ai informé Carlo Battista, mon mari, profitant de son bref passage au château.
Ce dernier aimerait te rencontrer pour s'en entretenir avec toi, demain à l'heure du thé, avant de repartir en Suisse immédiatement après.
Ce rendez-vous est bien au château, dans lequel tu entreras par la grille principale, et non à ma panic room, *dont ce pauvre homme ignore l'existence...*
S'il te plaît, tu seras adorable de me transmettre ta réponse sur ce message, en demandant à Lisa de me le retourner rapidement.
Au plaisir de te revoir...

Aurora. »

Après l'avoir lu, Lisa ajouta :
« J'ai beau apprécier cette femme, son attitude de comtesse à parler de moi comme un sous-fifre m'insupporte par moments...
— Ne t'enflamme pas pour si peu... Tu sais bien que tout cet enrobage ne sert qu'à faire illusion aux yeux du monde extérieur au nôtre. La bonne nouvelle est que notre projet semble bouger. J'espère positivement. Je ne connais pas son mari et ne l'ai jamais rencontré, mais ce n'est pas ce qui va m'impressionner, au contraire ! Mes arguments sont solides, il est maintenant temps de passer à l'action ! Passe-moi ce message, s'il te plaît, et de quoi écrire, je vais confirmer notre rendez-vous :

« Plaisir partagé, ma chère Aurora, je ne saurais manquer cette rencontre importante.
Je serai donc présent demain, en lieu et heure.

Gotyas. »

Voilà qui est fait ! Tu peux le porter. J'espère que demain, Aurora confirmera d'elle-même qu'elle est bien notre Être financeur ! Notre projet prendrait ainsi une autre envergure...
— Il n'y a pas que la Cause, Gotyas. Il paraît évident que la comtesse ne cherche qu'à se rapprocher davantage de toi !... D'ailleurs, d'où venais-tu, ce matin, par le chemin, lorsque je suis arrivée ? On dirait que tu reviens d'une opération commando !
— Tu n'es pas si loin de la vérité... Un petit souci qui va se résoudre rapidement, ne t'inquiète pas pour ça... Je vais prendre une douche...
— J'ai encore quelques minutes devant moi... Les croissants et les baguettes bien cuites peuvent encore attendre un peu leurs propriétaires ? Le temps que je t'accompagne à ta douche...
— Hmm Lisa... Si vive et si coquine ce matin... Je t'y accueille avec plaisir, ma douce...
— Dans l'immédiat, tu es pour et avec moi. La Contessa attendra bien demain... Embrasse-moi et serre-moi de tout ton amour, mon beau guerrier ! »

Gotyas porte alors Lisa dans ses bras jusqu'à l'intimité de sa salle de bains.
Les deux passionnés d'amour s'y effeuillent mutuellement tout en s'embrassant, avant de s'abandonner l'un à l'autre dans leur étreinte verticale, sous le contact de l'eau et du doux coton enveloppant de sa vapeur...
Cet amour sent bon le printemps, le réveil de leur nature, la vigueur des sens émoustillés, la jouissance stimulante, apaisante, réconfortante.

Une belle journée va commencer...
Après cet intermède amoureux, les amants se quittent par de doux baisers sous le regard du soleil comme seul témoin.
Lisa retrouve sa camionnette afin de poursuivre sa tournée quotidienne, portant au préalable la réponse de son homme au château. La comtesse l'accueille :
« Quelle efficacité ! Ce cher Gotyas ne perd pas de temps !
— Il n'est pas aussi rapide dans tous les domaines ! Il sait prendre son temps quand il le faut, sans perdre de son efficacité... »

La Contessa laisse échapper un rictus agacé empreint d'une jalousie manifeste, avant de rétorquer à la jeune provocatrice :
« Il semblerait que vous connaissiez l'homme sous d'autres aspects que je n'ai pas le privilège de connaître... L'avantage de le côtoyer plus souvent, peut-être plus intimement. Profitez de cette chance ! De cette force de la jeunesse, de l'insouciance qui rend votre beauté si éclatante, belle Lisa !
— J'en profite, madame ! En toute liberté... Personne n'appartient à personne, mais la chance nous fait suivre parfois un meilleur chemin, même si ce dernier n'avait rien d'envisageable ou de prévisible. Peut-être suffit-il de croire profondément en l'amour tout-puissant pour ne plus connaître aucune limite dans sa vie ? J'espère que vous saurez savourer la réponse de notre bel ami commun, car chacun de vous deux ne rêve que d'un autre demain... »

Lisa tourne alors les talons devant la comtesse avec un sourire accompagné d'un clin d'œil énigmatique qui laisse la belle Italienne ébahie par cette dernière attitude.
Sans surprise, avec réjouissance, elle découvre la réponse de son invité du lendemain et s'y prépare en se faisant belle, resplendissante, irrésistible, espère-t-elle !

De son côté, Gotyas n'est pas dans ce genre de préparatifs.
Après avoir confectionné son « piège à braco », avant sa séquence d'amour avec Lisa, il s'affaire à la programmation de ses drones furtifs et de ses diverses caméras. Puisque le piège est tendu, il doit maintenant fonctionner avec une efficacité optimale en prévenant son propriétaire dès que la prise s'effectuera.
Avec cette lune décroissante le lendemain soir, son obscurité ténébreuse, son rendez-vous au château, il redoute que l'évènement se produise alors qu'il y sera présent.
Le piégeur redouble alors de vigilance quant à toute cette surveillance électronique, ses appareils devant le prévenir en temps réel.
Un simple sac de sport dans sa Jeep lui fournira tout l'équipement supplémentaire indispensable s'il doit intervenir rapidement sur le lieu de l'embuscade.
Treillis noir, rangers, gants tactiques, cagoule, lunettes infrarouges, couteau de combat, pistolet arbalète, menottes en plastique et cordes.
Le guerrier de la nature ne souhaite céder à aucune forme d'amateurisme pour parvenir à son objectif : piéger et capturer le braconnier !

Les préparatifs liés à l'embuscade étant réglés, Gotyas décide de terminer paisiblement cette journée : une

cigarette accompagnée d'un verre de vin blanc légèrement fruité en guise d'apéritif.
Il profite de ce moment en se consacrant à ses animaux, leur parlant, les nourrissant, les câlinant.
Bagheera, toute ronronnante, vient se coller à son maître sur le canapé, à la recherche de ses caresses.
Nella, bien que plus fofolle, vient aussi s'y réfugier pour retrouver la chaleur de ce même maître, somnolente après un bon repas composé de ses croquettes préférées.

Le maître, de son côté, savoure l'instant. Entre le réconfort apporté par ses amis animaux et le bon vin, il entreprend de lire un nouveau recueil de lettres écrites par George Sand.
Il aime la littérature d'antan, étudier les divers styles à travers les époques et leurs auteurs, étudier leurs pensées modernes, révolutionnaires dans leurs contextes.
Il aime lire les correspondances, les écrits anciens d'encre et de plume sur de vieux papiers : parmi ses trésors précieusement conservés se trouvent certaines lettres écrites par ces auteurs qu'il admire tant, achetées à prix d'or lors de diverses ventes aux enchères.
Sand, Hugo, Baudelaire, Camus et Kerouac le fascinent, tout comme certains grands hommes tels que César, Louis XIV, Napoléon ou encore Churchill, auxquels il porte un intérêt équivalent à celui qu'il porte à Mozart, Gainsbourg ou Prince.
Gotyas est en quête perpétuelle de connaissances, d'imagination et de création.
Le repos ne correspond qu'à un repos physique, car jamais son cerveau ne cesse de s'alimenter de ce savoir qui le détend.
Après quelques pages, il réveille ses amis animaux en se levant de son confortable canapé pour se confectionner

un plateau-repas, simple et gourmand, en adéquation parfaite avec ce moment de lecture.
Il le compose du pain de campagne très cuit porté par Lisa, de quelques morceaux de saint-nectaire et de jambon cru arrosés par un délicieux côtes-du-rhône « Vieilles Vignes ».
Il picore ses victuailles d'une main, l'autre tenant son livre, avant de terminer son repas avec quelques carrés de chocolat au lait suisse, un autre verre de vin et une cigarette de sa confection.
L'homme est certes un fanatique aux convictions bien plus profondes que la simple pensée écologique, mais il n'en est pas pour autant végétarien.
Il croit en une agriculture raisonnée, contrôlée. Bien qu'il inclue la souffrance animale dans ses combats, il accepte l'idée d'un élevage tout aussi raisonné, aux conditions humaines, intelligentes envers l'animal qui est destiné à nourrir les hommes. Il admet cette imperfection d'être naturellement omnivore, de devoir assouvir des besoins qui lui paraissent naturels.
La soirée s'approchant de minuit, ses pensées étant apaisées et son estomac rempli, il monte dans sa chambre. Il est satisfait de cette journée complète, remplie à sa façon, détendu et prêt pour un repos réparateur, nécessaire, préalablement à un lendemain crucial.

La matinée est déjà bien avancée lorsque Gotyas s'éveille. Bagheera vient l'accueillir du haut de l'escalier quand il franchit la porte de sa chambre.
Ses animaux répondent au cérémonial quotidien, avec leurs bonjours successifs remplis d'amour, de joie de le retrouver entremêlée de requêtes pour être nourris. Le maître n'oublie personne, pas même les mésanges, les

pigeons, libres de toute propriété et qui dehors viennent réclamer leur pitance du jour.

Après avoir servi tout son petit monde animal, l'homme se prépare son brunch idéal, en commençant par le sucré pour terminer avec le salé : chocolat chaud, pain grillé, beurre, confiture de mûres maison puis œufs brouillés, bacon grillé, quelques *baked beans* qui précèdent un bon café noir et la première cigarette américaine de la journée.

Il procède ensuite à quelques étirements très doux, le temps de visionner l'actualité sur une chaîne de télévision d'informations, et à une séance de méditation de trente minutes avant de prendre sa douche afin de parachever son réveil.

C'est dans sa salle de bains que le programme de cette journée lui revient à l'esprit.

En se regardant dans le miroir, il pense qu'il serait important de prendre soin de son apparence pour réaliser une bonne entrée à son rendez-vous.

La Contessa y serait assurément très sensible, mais Gotyas cherche surtout à cumuler les éléments positifs, les possibilités de séduire et de convaincre son mari : Carlo Battista Lombardi.

Ce dernier ne le connaissant pas, il compte bien lui apporter une première satisfaction en utilisant son physique pour faire bonne impression, ainsi que la confiance et l'assurance qui se dégageront de lui lorsqu'il lui serrera la main pour la première fois.

Le reste de ce rendez-vous ne sera pour cet invité que langage, écoute, pertinence, questionnements, reformulations, argumentation, négociation et conclusion d'une belle affaire financière.

Il est bien plus stressé à l'idée de réussir, sans se couper, le rasage de son crâne, la taille idéale de sa barbe de trois jours ainsi qu'une manucure parfaite.

Il opte pour une tenue chic, sobre et décontractée : costume noir, chemise et baskets blanches. En cette fin de matinée, Lisa vient lui porter son pain :

« Tu es prêt, Gotyas ? On joue gros... En même temps, il n'y a qu'à te regarder pour te sentir parfaitement opérationnel et irrésistible !...

— Mouais... Il reste encore beaucoup d'inconnues liées à ce rendez-vous... J'essaie de mettre un maximum de chances de notre côté et suis moins inquiet quant à ma connaissance du dossier.

— Je ne suis pas très tourmentée pour ça, ni préoccupée par grand-chose, d'ailleurs, je sais que tu vas assurer, comme toujours... Tiens ! Je t'ai apporté ton pain ! Je te laisse terminer tes préparatifs tranquillement et compte sur toi pour me tenir au courant au sujet de l'issue de ce rendez-vous dès que tu pourras, OK ?

— OK, miss ! Quoi qu'il arrive, je te remercie pour tout ton travail sur ce dossier. Il était certes assez simple pour toi, mais il fallait faire le job et j'ai pu constater ton efficacité. Bonne journée à toi !

— Je croise les doigts pour toi, mon homme, à très vite ! »

En début d'après-midi, Gotyas effectue les derniers réglages sur son « piège à braco », ses drones et ses caméras.

Il termine de relire quelques parties de son dossier afin d'achever sa préparation mentale avant de partir en rendez-vous.

Quand l'heure arrive, il charge dans la Jeep son sac noir et un attaché-case contenant quelques documents qui pourront s'avérer utiles lors de l'entretien.

Puis il part trois kilomètres plus loin, empruntant les sinuosités de la petite route départementale ainsi que l'immense côte menant jusqu'au château d'Ulys.

L'ARISTO
Il codardo

Cet édifice classé parmi les monuments historiques a été construit sur une ancienne forteresse médiévale du XIIe siècle dont il reste le donjon ainsi que quelques tours, des meurtrières et le pont-levis.

Sa structure actuelle, entourée de ses douves, date du XIVe siècle, et son corps de logis du XVe siècle.

Le château a été restauré à la fin du XIXe siècle, et en 1966, la famille et les parents de la Contessa, les Visconti, s'en sont portés acquéreurs.

En 1992, à la mort de sa mère alors veuve, la jeune Aurora a secrètement fait construire sa *panic room* à partir d'un ancien souterrain médiéval partant d'une des caves du logis.

Gotyas traverse l'entrée par la majestueuse grille de la propriété, avant de suivre un dernier virage à gauche lui faisant franchir le pont-levis en voiture pour se retrouver dans la cour intérieure du château.

Il a toujours aimé, admiré cet édifice imposant, riche de styles et de sculptures uniques qui ont traversé les époques.

La masse et la hauteur des bâtiments pourraient impressionner, voire oppresser certaines personnes se trouvant au creux de cette cour fermée. Lui se tient fier et droit, aussi majestueux que cette ancienne place forte dans laquelle il impose sa présence comme s'il en était le seul maître.

Une domestique assez âgée au fort accent italien vient l'accueillir à sa descente de voiture :
« Madame la comtesse et M. Lombardi vous attendent dans le grand salon, monsieur Gotyas, si vous voulez bien me suivre...
— Bien sûr, *grazie mille, signora.* »

La domestique guide alors notre homme à travers un immense hall à escalier central, puis un long couloir aboutissant au grand salon ouvert sur une orangerie créé par les Visconti.
Carlo Battista Lombardi est assis au bout de la pièce dans un fauteuil Chesterfield, une jambe chevauchant l'autre, caché derrière un journal financier suisse semblant le passionner.
Lorsque la domestique annonce son invité, il baisse nerveusement son journal pour l'observer du haut de sa lecture.
Gotyas, à son tour, découvre avec surprise le visage de son hôte. Il l'avait imaginé très typé latin en raison de sa nationalité italienne, mais découvre un homme mûr au faciès nordique en costume gris trois pièces, comme venant de l'Allemagne des années 30.
Sa tenue est ainsi complétée par un regard d'un bleu clair perçant et une chevelure blonde – blanche aux tempes – tirée et gominée vers l'arrière.
Les traits de son visage sont stricts et tout aussi tirés, mais se détendent brusquement pour laisser apparaître un large sourire aux dents blanches, parfaitement alignées, lorsqu'il se lève pour accueillir son invité.
Il avance la main tendue :
« Aaaaah ! Monsieur Gotyas ! J'ai enfin le plaisir de mettre un visage sur votre nom ! »

Gotyas lui serre alors la main fermement, constatant la mollesse fuyante de celle de l'italien.
« C'est un plaisir partagé, monsieur Lombardi.
— Appelez-moi Carlo, voyons !
— Vous pouvez également m'appeler Gotyas, simplement, comme tout le monde... »

Le châtelain demande alors à sa domestique de prévenir la Contessa de la présence de leur invité tout en lui demandant de leur apporter le thé. La servante s'exécute.
« Bien ! Cher Gotyas, mettez-vous à l'aise sur ce divan, nous allons faire connaissance avant l'arrivée d'Aurora et de cet excellent thé que je fais venir des Açores.
— Merci, Carlo.
— Alors ! Nous ne nous sommes jamais rencontrés durant toutes ces années, je ne vous connais qu'à travers les mots de ma femme pour vous décrire. Elle est très élogieuse vous concernant, vous lui plaisez beaucoup !
— J'en suis touché. Il est vrai que nous avons fait connaissance par de brèves séquences au fil des années. Elle aussi possède de grandes qualités, tout comme je pense avoir décelé en elle un fort potentiel pour les affaires.
— Certes... J'en suis conscient, vous avez raison... Pour vous parler franchement, Gotyas, elle me parle de vous depuis fort longtemps. Si bien qu'il y a quelques années, ma jalousie de mari m'a obligé à tenter d'en savoir plus vous concernant. N'y voyez aucun mal !
— Absolument pas ! C'est votre droit. Peut-être aurais-je fait de même ?
— Seulement, ma curiosité n'a aucunement été assouvie... Car malgré mes relations au sein de la Justice, de la Police, même de l'Armée, et ce à travers différents pays, et même en ayant fait appel à un détective privé,

toutes mes recherches n'ont servi à rien, n'ont mené nulle part... Comme si vous n'existiez pas... Comment l'expliquez-vous, mon cher Gotyas ?...
— Ah, ah, ah ! Vous avez fait appel à un privé, hein ?... Je ne sais que vous dire, Carlo ! Peut-être suis-je insignifiant, banal, avec une vie tout ce qu'il y a de plus normal, classique ?...
— Pourquoi, à propos de ce seul point, ai-je tant de mal à vous croire ?...
— Vous savez, je suis un solitaire, volontairement marginal et j'aime ma tranquillité, la quiétude de ma vie. Dans ce cadre, je ne suis pas très ouvert à des relations avec mes congénères, que ce soit pour discuter, partager, les côtoyer. À vrai dire, je n'aime pas du tout ça, d'ailleurs, j'ai toujours été ainsi, d'aussi loin que je me souvienne... Je préfère les machines, les ordinateurs, travailler sur internet, ce monde virtuel qui me fait vivre, c'est la seule chose me procurant un véritable bonheur...
— Ah oui ?!... Ce privé, j'en suis désolé, vous a clairement espionné par séquences, lui aussi, au fil des années, pour reprendre votre expression. Il m'a rapporté toute l'imperméabilité de votre réseau internet, de votre propriété, avec toutes ces caméras et tous ces drones, détecteurs, brouilleurs... Votre isolement frôle la paranoïa, non ?... Vous avez tant de choses que cela à cacher ?...
— Bien sûr !
— Ah ! Enfin !
— Oui. Car, tout comme vous, j'ai des relations avec des clients haut placés, importants, des VIP m'obligeant à travailler avec certaines de leurs données très sensibles, très secrètes... Alors je me dois de protéger toutes ces informations avec les techniques les plus sûres que je puisse créer, afin de leur assurer une parfaite

confidentialité. Et je me dois moi-même d'être tout aussi secret... Vous comprenez ?...

— C'est donc cela !... Vous me pardonnerez si je ne vous crois qu'à 50 % ?...

— C'est même au-delà de ce que j'aurais imaginé, cependant il faudra vous contenter de cette seule explication de ma part, Carlo...

— Cet enquêteur m'a également rapporté cet attachement que vous avez envers la nature, votre potager, les animaux, les bons aliments, les bons vins, la musique... Et même envers ces petits joints faits de cette herbe maison que vous cultivez pour votre propre plaisir et que vous consommez au coucher du soleil, sur votre terrasse...

— Allons, Carlo, pas de mesquinerie, placez-vous au-dessus de cette infraction si insignifiante ou dénoncez-moi pour ce modeste péché de bon vivant, ahahahah !

— Nullement, Gotyas, nullement, ahahah ! Nous avons tous nos petits défauts ! Vous ne faites rien de mal, ni de mal à personne, en somme, au contraire. Une vie de campagnard seul, de bon vivant s'enfumant l'esprit de temps en temps pour sortir de la monotonie de son travail d'informaticien... Pas de quoi vous jeter la première pierre ! Ahahahah !

— Non ! Fort heureusement ! Ahahah !

— Vous n'avez jamais souhaité fonder une famille, avec une femme, des enfants ?...

— Hmmm, non, Carlo. Comme je vous l'ai dit, je tiens à ma quiétude, à cette vie de solitaire...

— Oui oui oui, je comprends, et pardonnez-moi toutes ces indiscrétions qui vous font répéter les mêmes réponses ! Néanmoins, à propos de ce dernier point, je ne vous crois encore qu'à 50 % !...

— Pourtant, vous devriez me croire à 100 %, je vous assure ! Ahahahahah ! Rien de tel dans mes futurs projets !
— Et ma femme, Aurora ?!
— Eh bien ?...
— Allons, Gotyas, vous savez pertinemment que vous lui plaisez ! Peut-être même qu'elle ne vous est pas indifférente ?...
— Écoutez, Carlo, cessez de tourner autour du pot. Si vous voulez savoir si j'ai une relation sentimentale avec votre femme, ma réponse est clairement : NON ! Pour l'intégralité des raisons que je viens d'évoquer. Mais surtout, parce que je déteste les relations compliquées avec les femmes, ce qui me rend inenvisageable l'idée – voire l'envie – d'en entretenir une avec une femme mariée ! Dans une autre vie, dans d'autres conditions, je vous avoue, mon cher, que votre femme aurait été parfaitement à mon goût, et que je lui aurais très certainement fait quelques avances, il y a fort longtemps ! Mais dans cette vie, je peux vous assurer qu'il n'en est rien ! Suis-je suffisamment clair, Carlo ?!
— Bien assez pour que je vous croie à 100 %, cette fois !
— Parfait ! Pourrions-nous, maintenant que nous avons fait connaissance, que je vous ai libéré de certains doutes, parler affaires, l'objet de votre invitation ?... D'ailleurs, où est la Contessa ? Ne tarde-t-elle pas à nous rejoindre ?...
— Non, Gotyas, rassurez-vous, c'est volontaire...
— À mon tour, je vous trouve bien mystérieux...
— Nullement ! Mais avant tout, terminons notre discussion portant sur les sentiments avant d'entamer celle portant sur les affaires. Laissez-moi vous offrir cette autre vie, ces autres conditions que vous avez évoquées avec tant de pureté, de franchise et d'honnêteté.

— C'est-à-dire ?...
— Eh bien, avant-hier soir, j'ai eu une grande discussion avec Aurora. Elle avait commencé à me parler de vos derniers échanges, de vos propositions de refonte de toutes ses sociétés en vue de les sauver. J'ai vu cette ferveur dans son regard lorsqu'elle vous a de nouveau évoqué, ainsi que vos projets, mais j'ai dû l'arrêter... Rassurez-vous, j'ai lu intégralement tout ce que vous lui avez fourni !...
— Mais ?... Qu'est-ce...
— Laissez-moi terminer, Gotyas, en me rendant cette tâche plus facile... J'ai compris tout cet amour qu'elle ressentait pour vous depuis toutes ces années. Votre droiture, votre détermination à ne pas y succomber... Tout cela pour quoi ?! Pour moi ? Ou *à cause* de moi ! Il aurait pourtant été simple de céder à la tentation, d'un côté comme de l'autre... J'ai aussi une personnalité très complexe, Gotyas, tout comme vous. En revanche, contrairement à vous, à ma femme, j'ai succombé à de nombreuses tentations en cherchant une forme de bonheur de mon côté, en solitaire, en secret, ailleurs ; c'était facile avec tous mes voyages d'affaires ! Tout d'abord avec la drogue, l'absinthe, puis avec d'autres femmes, d'autres corps que celui de la mienne pour assouvir certains de mes honteux fantasmes... Notre mariage n'a jamais été un mariage d'amour, mais de convenance. Pourtant, elle m'est restée fidèle, et vous aussi, d'une certaine façon, sans me connaître... Dans ma longue, pitoyable et pathétique vie, il y a presque dix ans, alors que j'étais au plus bas, j'ai eu la chance inouïe de rencontrer cet amour inespéré auquel je rêvais depuis toujours. Cet amour n'avait pas l'apparence, ni le sexe auquel je m'attendais puisqu'il s'agissait d'un homme : Jean-Charles Meier, mon confrère suisse.

— Heuuu, attendez, Carlo, je ne tiens pas à en savoir davantage sur ce sujet très personnel qui ne regarde que vous !...

— Ne soyez pas inquiet, mon cher, j'arrive à la fin de cette explication nécessaire qui, je l'espère, vous satisfera en tous points... Je disais donc que j'ai rencontré Jean-Charles, à la Conférence internationale des banques à Berne. Immédiatement, en dehors de nos affinités liées à notre métier, notre alchimie est apparue comme une évidence. Un amour si fort que rien n'aurait pu y résister, et encore moins nous séparer. C'est la raison pour laquelle j'ai été si absent du château, si loin de ma femme et bien plus encore de sa couche. Il n'y avait pas que ses affaires qui m'étaient très compliquées à gérer... Je n'ai aucune honte de ce que je suis, de cette révélation tardive de mon homosexualité, car je connais enfin l'amour et en suis comblé. Mais je suis impardonnable à propos de tout ce qu'Aurora a subi par ma faute, mes mensonges, de tout ce temps précieux que je lui ai volé ! Alors, lorsque l'autre soir, elle m'a évoqué ses projets, lorsque j'ai vu son regard briller en parlant de vous, j'ai pressenti ce tournant de son existence qu'elle devait attendre depuis bien longtemps et je ne pouvais l'en priver davantage.

Je me devais de lui dire la vérité malgré toutes les difficultés que j'éprouverais à lui en parler et qu'elle éprouverait à m'écouter. Ensuite, cette tornade sentimentale étant passée, je me devais de l'écouter à mon tour, de lire l'intégralité de votre dossier avec le souci d'y accorder toute mon attention, potentiellement un soutien, pour elle comme pour vous. C'était même un devoir !

— D'où cette invitation si rapide ? Est-ce lié à cette forme de prise de conscience, à de bonnes résolutions immédiates ?
— Oui. Mais je dois dire que je n'ai rien à ajouter à propos de ces projets magnifiquement conçus. Votre analyse, vos chiffres, vos perspectives... Vos idées sont particulièrement brillantes, mon cher Gotyas, je les approuve en intégralité. J'en ai fait part à Aurora.
— Très bien, et maintenant ?
— Je signerai tous les documents qu'Aurora souhaitera me soumettre. Je vous aiderai tous les deux, de n'importe quelle manière, vous pourrez me contacter en direct et compter sur mon soutien indéfectible ! Vous avez carte blanche pour tout ce que vous me soumettrez !
— J'ai bien compris, Carlo, soyez certain que je ne l'oublierai pas...
— Peu importe qui vous êtes finalement, Gotyas, peu importe vos finalités. Votre droiture vous honore. J'en ai maintenant la certitude, vous saurez parfaitement l'épauler !
— Autant que je le pourrai... Si je peux me permettre, et puisque vous m'avez fait entrer dans vos indiscrétions... Où en êtes-vous, maintenant ? Qu'avez-vous décidé au sujet de votre relation avec la comtesse ?...
— C'est très simple : je resterai son mari, administrativement parlant, le temps qu'elle voudra, selon ce qui l'arrangera pour vos affaires, et je signerai sans la moindre hésitation une demande de divorce de sa part en acceptant toutes ses conditions. Je le lui dois ! Et puis, j'espère moi-même un jour me marier avec Jean-Charles, au moment de notre retraite... Je ne reviendrai pas au château, ou alors, ce ne sera que pour nos affaires... Mon hélicoptère vient me chercher dans dix-sept minutes maintenant, je pars retrouver mon amour à

Lausanne, où je resterai vivre avec lui quelque temps...
Je monte dire au revoir à Aurora et chercher mes derniers bagages avant de partir. En attendant, je vais demander à Giovanna, notre servante, de vous apporter ce fameux thé, Gotyas. Je pense que vous l'apprécierez autrement, sans ma présence, car vous êtes ici chez vous dorénavant, bien plus que moi ! Je ne veux pas embarrasser Aurora avec mon départ, mais aurez-vous l'obligeance de m'accompagner tout à l'heure jusqu'à mon hélicoptère pour m'éviter de vivre seul ce moment pathétique ?...
— C'est entendu, Carlo, si cela vous fait plaisir...
— Ce sera plutôt un honneur, mon cher Gotyas, un honneur ! »

Le châtelain emprunte le même couloir que son invité à son arrivée. D'un pas rapide, comme libéré, il gravit quatre à quatre les marches du grand escalier central du hall d'entrée. Sans aucune hésitation, il se presse pour parvenir à son nouveau destin. Gotyas se retrouve alors seul dans le salon. La domestique lui apporte ce thé vert des Açores qu'elle lui sert sur la table basse.
En la remerciant, l'homme porte sa tasse jusqu'à l'orangerie, où il choisit de la boire en admirant le soleil décliner à travers les vitres et les branches de ces magnifiques arbres fruitiers alignés bien droit dans leurs immenses pots.
Ce rendez-vous d'affaires ne ressemble en rien à ce que Gotyas avait imaginé. Il s'en trouve même quelque peu dérouté, autant en raison de la teneur de leur discussion que de la tournure qu'elle a prise.
Il n'a eu à apporter aucune explication ni aucune argumentation et la négociation s'est soldée par une immense carte blanche.

Ce qui devait être un entretien d'affaires n'a été en grande partie qu'un monologue de Lombardi sur le cœur et la raison ; le projet de refonte des entreprises d'Aurora et l'argent n'ont eu que des rôles secondaires.
L'invité s'est vu attribuer un autre rôle que celui de simple visiteur en ce lieu. Il devient un hôte quasi permanent, un des propriétaires lui abandonnant la quasi-totalité de son rôle au sein du château, voire auprès de sa femme.
Tout en savourant ce thé vert qu'il trouve véritablement excellent, l'hôte réalise qu'une nouvelle ère est en train de poindre quant à tous ses projets de protection de sa Mère Nature et de sauvegarde de sa misérable espèce : l'Homme.

Quelques minutes plus tard, alors que le son du rotor se rapproche inexorablement du château, Lombardi redescend de l'étage, aidé par Giovanna dans le transport de ses bagages.
Du bout du couloir, il interpelle son dernier invité sur la propriété :
« Monsieur Gotyas ! Voulez-vous bien m'accompagner ?
— Bien évidemment ! Comme promis, Carlo, je vais vous aider ! »

L'hélicoptère atterrit dans la cour et l'assistant de Lombardi descend de l'appareil afin d'aider Gotyas et la domestique à charger les bagages.
Au moment où le mari déchu s'apprête à monter dans l'engin, il s'adresse une dernière fois à son remplaçant :
« Dites-moi, mon cher, j'ai une dernière question à vous poser, j'espère que vous ne la trouverez pas indiscrète...
— Je vous écoute, Carlo, et si je la juge trop inquisitrice, croyez bien que je n'y répondrai pas !

— Voilà… après toutes ces péripéties et en repensant à vos projets, je me demandais ce que vous ferez de tout cet argent dont vous allez bénéficier...

— Je ne cherche pas à m'enrichir, mais à vivre libre, comme il me plaît, en poursuivant mon travail, assurant ainsi la pérennité de mon entreprise d'informatique... L'argent que je n'y consacrerai pas sera utilisé pour de belles choses, une grande et noble cause, soyez-en assuré ! Nous en reparlerons sans doute un jour, car j'aurai probablement besoin d'un banquier de confiance et de ses relations...

— Sacré Gotyas ! Je m'en doutais bien ! Vous n'êtes pas un homme d'argent mais de grandes idées ! J'étais certain que vos projets avec Aurora en cachaient bien d'autres. Vous m'en parlerez à votre guise, en temps voulu. C'est maintenant le moment pour moi de vous saluer, ce ne sera donc pas un adieu mais un simple au revoir.

— Vous avez raison, Carlo, je vous souhaite un bon voyage pour une vie meilleure !

— Merci, mon ami ! Elle le sera dorénavant ! Avec cet amour d'homme que je vais retrouver... Prenez soin d'Aurora !

— Je n'y manquerai pas.

— Je n'en ai plus aucun doute ! À très bientôt ! »

Gotyas regarde l'hélicoptère prendre son envol puis s'éloigner rapidement plein est à destination de Lausanne. Une trajectoire rectiligne de près de 500 kilomètres, une délivrance pour Lombardi qui vivra désormais son amour en toute liberté, une réalité pour Gotyas quant à la réalisation de son projet colossal.

Quant à son propre amour...

L'aéronef se transforme en un point minuscule dans le ciel devenu presque silencieux. Notre homme se retourne vers le château et aperçoit en face de lui une des plus belles visions qu'il ait jamais vues : la Contessa se tient là, sur le perron, elle regarde Gotyas, et ses yeux pourtant si noirs pétillent comme deux étoiles sombres, son sourire étincelant resplendit. Sa longue chevelure noire, détachée, flotte au vent et n'a pour seul accessoire qu'une rose à son oreille. Elle porte une robe de soirée longue à volants avec des froufrous aux épaules, du même rouge que sa rose avec un décolleté profond rehaussé par un simple collier de perles. À ses pieds, les escarpins *Hot Chick Sling Bianco* du célèbre créateur de semelles rouges.

Notre homme est ému par la vue de cette magnifique femme qui lui tend la main pour l'accueillir, cette fois-ci à sa façon. Il se rapproche d'elle, saisit cette main pour y déposer un doux baiser, puis Aurora le devance en prenant la parole :

« Mon doux et beau Gotyas... As-tu apprécié ce *tea time* en compagnie de ce brave Carlo ?...

— J'ai dégusté seul ce magnifique thé, mais confronté au départ précipité de ton cher mari, je n'ai pu goûter aux gourmandises qui l'accompagnaient.

— J'en ai bien d'autres pour toi, pour ta dégustation personnelle, ton seul plaisir...

— Oh, Aurora, tu es magnifique !...

— Nous avons beaucoup de choses à nous dire, alors j'ai pensé que peut-être tu accepterais de rester dîner, afin que nous en discutions ?...

— J'en serais honoré, Aurora...

— Ah, ah, ah ! Serait-ce une pointe de timidité que j'aperçois sur le rose de tes joues, mon bel homme ?...

Peut-être devrais-je te rassurer en te donnant ce baiser que nous attendons depuis si longtemps ?... »

La comtesse s'approche alors lentement de cet homme qu'elle désire tant et dépose sur ses lèvres un chaste et doux baiser de sa bouche en feu, au rouge identique à sa robe.
Gotyas le reçoit les yeux mi-clos, frissonnant de bonheur, avant que la belle Italienne ajoute :
« J'étais certaine que tu m'embrasserais aussi bien. C'est tellement bon... Viens avec moi dans la salle à manger ! Je vais demander à Giovanna de préparer notre dîner !
— Tu avais déjà tout prévu, n'est-ce pas ?...
— Disons que j'avais quelques heures d'avance... Tu ne le prends pas mal, au moins ? Ce n'est pas de la manipulation !
— Évidemment que non ! Au contraire ! Je sais à quel point tu gères bien cette situation, je vais donc me laisser aller et me délecter...
— Aaah, enfin ! Je t'ai si rarement connu détendu !... Profite de notre soirée, mon cher ange... Avant de dîner, je te propose d'observer ensemble ce beau soleil couchant sur les banquettes de l'orangerie et d'entamer notre discussion autour d'une bonne bouteille de champagne ! *Vieni* ! »

La belle tire son amoureux par cette main qu'elle ne semble plus vouloir lâcher, l'emmenant jusqu'à la pièce vitrée à l'espace féérique dont la lumière possède alors un dégradé d'oranges semblables à ses fruits.
Cette fois-ci, Gotyas la devance, en prenant la parole le premier :
« Ce n'est en rien une forme de curiosité malsaine, mais j'aimerais savoir ce qui s'est réellement passé lors de ta

discussion avec Carlo, quand tu lui as présenté notre projet...

— Il n'y a rien de mal à ça, mon doux ami, au contraire ! Il n'y a toujours eu que la vérité pure entre toi et moi. J'ai certainement été tout aussi surprise que toi lorsque j'ai entamé cette discussion avec lui, dossiers sous le bras. Il y a eu comme un effet immédiat qui a provoqué les aveux de celui qui a été mon « mari ». J'ai constaté son grand besoin de se confesser, et tout cela a été très compliqué à entendre pour moi...

— Je l'imagine bien...

— Des années de mensonges, de tromperie, la drogue, les femmes de joie, cet homme qui avait pris ma place dans son cœur... Je t'avoue avoir éprouvé sur le moment une immense déception, jusqu'au dégoût. Mais c'est un sentiment de colère qui m'est venu lorsque j'ai réalisé qu'il m'avait volé une bonne partie de ma vie alors qu'il jouissait pitoyablement de la sienne ! Moi, j'aimais véritablement un autre homme, en secret, mais je lui suis restée fidèle ! Toi-même, en te refusant à moi, tu lui as aussi accordé une forme de fidélité ! Et puis, dans un second temps, j'ai pensé au fait que lui présenter ce projet de refonte de mes entreprises était une manière de lui montrer que ma vie allait changer. Tu pensais que cela le rapprocherait de moi en lui laissant plus de temps pour être présent à mes côtés, mais le simple fait d'exposer ton projet a activé cette révélation qu'il n'avait plus aucun amour pour moi, qu'il était grand temps d'agir pour lui, tout en me permettant de reprendre ma liberté de femme qu'il avait piétinée durant des années. Malgré toutes ses pleurnicheries, il ne m'a inspiré aucune pitié, seulement un profond dédain. Il est parti comme un fuyard dans son hélicoptère de lâche, heureux de s'être lamentablement libéré... *Basta* !

— Je dois t'avouer que j'étais très loin d'imaginer une telle issue à cet entretien que j'envisageais clairement comme étant plus... « *business* » ! Il a commencé par jouer les gros bras, me prenant d'assez haut, me testant, avant de se ratatiner à travers des confessions embarrassantes dont j'avais du mal à distinguer la finalité. Mais il a quand même réussi à me surprendre positivement, entre son départ précipité et cette carte blanche perpétuelle qu'il nous accorde à chacun... Un étrange personnage, ce Carlo !

— Tu as raison ! Dans sa misérable repentance, il n'est pas ingrat ! Je ne doute pas qu'il nous soutiendra dans nos projets futurs...

— Un bon atout, un outil que nous utiliserons à bon escient...

— Pourquoi ai-je ce sentiment que tu as encore quelque chose derrière la tête ?

— Rien de particulier, ni de précis...

— Allons, chéri, ne me dis pas qu'après avoir élaboré un aussi grand plan de refonte des entreprises Visconti en si peu de temps, tu ne penses pas encore à autre chose ?...

— Plus ou moins... Disons que j'associe les nouveaux paramètres du jour, entre l'entretien avec Carlo et notre discussion actuelle, pour laisser libre cours à de nouvelles arborescences dans mes idées... Ce n'est pas encore très concret, mais tout ceci va nous permettre d'entrevoir nos projets sur une échelle beaucoup plus grande...

— *Nos* projets ou *ton* projet ? Tu sais, celui dont tu devais me parler « plus tard », en dehors du pseudo agrandissement de ton entreprise...

— Je te promets que nous en parlerons rapidement maintenant. Tu viendras chez moi pour ça. Laisse-moi justement ce temps de réflexion pour parvenir à mettre de l'ordre et à optimiser toutes mes idées...

— OK... Après tout, c'est toi la tête pensante de tout ça ! Et puis, le moment est plutôt à la détente, à la célébration, ne crois-tu pas ?...

— Tu as entièrement raison, chaque chose en son temps. Apprécions ce présent, il formera de toute façon ce futur sur lequel nous n'aurons que partiellement la main ! Que proposes-tu, maintenant ?!

— De dîner ! Rejoignons la salle à manger ! »

Quelques pas plus loin, dans cette somptueuse salle de réception, véritable petite reconstitution de la galerie des Glaces réservée aux divers anciens maîtres du château et à leurs convives, est dressée une belle table ronde à laquelle s'attablent les deux complices.

Une nappe blanche brodée, un immense bouquet de roses rouges provenant de la roseraie de la Contessa, des assiettes ancestrales bordées de couverts d'argent soigneusement lustrés attendent le duo avide de festoyer.

En entrée : des pavés de cabillaud froids servis avec une crème légèrement citronnée saupoudrée de safran, accompagnés d'un muscadet délicatement fruité, au nez d'agrumes.

S'ensuit une généreuse côte de bœuf cuite à la cheminée de cuisine par Tommaso, le majordome du château, qui découpe et sert lui-même d'épaisses tranches aux deux gourmands.

Il accompagne la belle pièce de viande par de simples pommes de terre sarladaises et un généreux Lalande-de-Pomerol.

Le duo termine le dîner par un morceau de fromage de chèvre local ainsi qu'un morceau de saint-nectaire, sur un lit de laitue fraîche provenant du potager du château, avant de succomber aux profiteroles maison, spécialité et recette personnelle de Giovanna.

Un café, un cognac, puis la comtesse propose à son hôte, dorénavant privilégié, de lui montrer un nouveau secret tandis qu'ils terminent leur bouteille de champagne.

Elle le tire par la main jusqu'à la cuisine, puis vers une arrière-pièce en sous-sol menant à la cave qui était la cuisine originelle du château.

Son invité s'étonne de se retrouver dans cet espace confiné, au milieu de milliers de merveilles viticoles du monde entier, jusqu'à ce que la Contessa actionne un bouton caché à l'intérieur d'une bouteille vide en apparence.

Sans secondes de latence, un mur de pierre s'ouvre en deux, laissant apparaître la cage d'un ascenseur. L'homme s'écrie :

« *Wow* ! Quel spectacle ! Tu t'es créé ta propre *Batcave* ?
— N'est-ce pas ?! Nous allons descendre quatre étages supplémentaires pour nous retrouver dans ma *panic room*, que tu connais... Enfin, tu savais y entrer par l'extérieur, maintenant tu connais cet autre accès.
— C'est très impressionnant...
— Tu trouves ?... C'est surtout très sécurisant pour moi. Un abri parfait, souterrain, invisible, inexistant aux yeux de tous, connu de personne d'autre que de ses ingénieurs-concepteurs et de moi ! Et maintenant de toi, dans son intégralité. Aucun des domestiques ne connaît son existence, ils ont tous été congédiés en Italie lors de sa construction. S'il y a bien un lieu suffisamment secret pour y vivre ou y avoir une activité clandestine quelconque, c'est bien ici !
— Hmm, intéressant...
— Aurais-tu une nouvelle idée à l'esprit, autre que la mienne ?...

— J'ai certainement la même, en complément d'autres inspirations, en effet...
— Nous sommes arrivés ! »

Les portes de l'ascenseur s'ouvrent sur un autre sas comportant un boîtier d'ouverture numérique. La maîtresse des lieux y tape son code, l'année de construction du château d'origine : 1137.
Après un autre instant presque magique, l'ouverture de la porte, le duo intègre ce site secret.
« Sois le bienvenu en ce lieu, mon ami ! Que le secret soit le mot d'ordre de notre soirée ! Hahaha ! J'aime te voir aussi surpris, mon cher. Champagne !
— Tu me fais voyager de surprise en surprise, Aurora !
— Tu n'as pas encore tout vu, la fête ne fait que commencer, mon chéri...
— Je succombe en me laissant faire, ma belle...
— Enfin ensemble !... »

Une nouvelle fois, la châtelaine conduit son amoureux par la main vers cette chambre si atypique, dans cet endroit hors du commun.
« J'ai conçu cette chambre pour toi, pour nous, pour cet amour que j'attends depuis si longtemps, mon homme, mon tout. Je construirais un monde pour toi, dans lequel je serais heureuse avec toi... Pour t'y voir te sentir comblé, paisible ; tu mérites cette autre vie si différente de ta vie actuelle, où tu es en marge de tout, où tu es seul, perdu dans ton monde, à l'intérieur de ta tête...
— Je...
— Ne dis plus rien, s'il te plaît... Le présent, rien que le présent... »

L'histoire de ce duo prend alors une autre tournure, lorsque l'irréel en vient à caresser ses rêves pour les transformer en une réalité partagée...

Ce partage, cette confiance, cet abandon presque magique, quand l'amour entre deux êtres arrive pour les connecter…

Bien qu'Aurora soit une femme forte avec une personnalité imposante, elle redouble d'émotivité, de fébrilité lorsqu'elle dégrafe sa somptueuse robe, se retrouvant ainsi nue, instantanément, dans son intégralité.

Son corps est voluptueux, aux courbes merveilleuses qui rendraient jalouses bon nombre de femmes ayant la moitié de son âge.

Entre la finesse de son visage surmontant son corps désirable jusqu'au moindre petit défaut, l'allure de cette *latina* quinquagénaire s'inscrit dans les canons actuels des plus grandes beautés.

Gotyas n'en est pas moins ému face à cet amour qu'il s'était interdit, au mur de ses valeurs qui s'effondre pour qu'il puisse observer cette si belle réalité s'offrant à lui.

Cette femme qu'il avait tant désiré aimer, de cet amour exclusif dont il avait rêvé par le passé.

Timidement, il s'approche d'elle et lui ouvre ses bras pour la serrer contre lui.

Bien qu'il soit fort lui aussi, cette nouvelle vulnérabilité l'envahit tout autant, il s'y abandonne, sans réfléchir davantage.

Ils sont enlacés l'un contre l'autre, et leur câlin est interminable, mais dans leur esprit, il ne dure qu'une poignée de secondes.

Un nouveau couple se crée, s'embrasse, puis Aurora dévêt son homme, délicatement, sans empressement, comme ayant compris la réciprocité de leurs sentiments.

Alors qu'il se retrouve nu, elle finit par se dégager de leur étreinte pour se coucher sur son lit, le guidant encore contre son corps.

Les baisers s'enchaînent, la douceur grandit en intensité pour laisser place à ce désir que le couple retrouve sous une dimension différente, loin de toute impulsivité sexuelle. Chacun d'eux connaît la magnifique issue de ces baisers, de ce corps-à-corps langoureux.

C'est à ce moment idyllique que, naturellement, le sexe de Gotyas vient rejoindre celui d'Aurora. Les deux amants laissent échapper deux soupirs simultanés, d'accomplissement, de soulagement, d'envie, d'amour...

Aucun des deux ne se projette dans un défi de domination, de performance, ils se créent leur merveille de partage, d'abandon à l'autre dans cette nouvelle étreinte, sensible, presque fragile, que chacun assume de tous ses sentiments.

Leurs va-et-vient s'intensifient, leur chaleur monte, leurs regards ne se quittent plus, leurs mains ne cessent de caresser et de découvrir tout le corps de l'autre.

Leurs peaux humides glissent l'une contre l'autre, les langues viennent s'abreuver de cette nouvelle saveur due à l'excitation, la goûter.

Tandis que leur étreinte augmente encore en intensité, les bouches brûlantes ne cherchent plus qu'à goûter cette intimité de l'autre encore inconnue, et ils font basculer leurs deux corps à leurs opposés.

L'excitation est alors extrême. Aurora retrouve à travers un premier orgasme la jouissance dont elle n'avait plus qu'un bref souvenir, celui d'une journée inattendue de plaisir avec un inconnu, bien avant son mariage.

Gotyas ne pense qu'à la rejoindre dans cet instant qu'il souhaite voir arriver rapidement, avec toute sa puissance ; il se retire alors, se glissant ensuite contre le dos d'Aurora pour sentir tout son corps d'encore plus près, la ressentir encore plus profondément à l'intérieur de son sexe brûlant.

Il l'embrasse au creux de sa belle nuque bronzée au parfum enivrant, aux cheveux mêlés, collés par cette transpiration de plaisir, avant de s'arrêter au milieu de son front, lorsqu'un orgasme vient exploser, accompagné par un cri de jouissance incontrôlé.

Le couple reste un long moment dans cette position, sans mot dire, reprenant son souffle, recouvrant ses esprits après tant d'émotions.

Gotyas finit par libérer Aurora de son poids pour se recoucher sur le dos. Cette dernière ne tarde pas à venir se blottir contre son torse avant de rompre le silence :

« Dans mes rêves, mes désirs les plus torrides à ton propos, je pensais à ce moment de mille façons... Mais j'étais loin d'imaginer une telle communion... Tu es merveilleux, mon doux Gotyas, la réalité que tu viens de m'offrir est bien au-delà de ces pensées...

— Je pensais exactement la même chose, magnifique Aurora... Qu'il est doux et bon de te sentir entre mes bras... »

LE BRACO
en sursis

Leur discussion s'interrompt soudainement lorsque la montre connectée du chasseur d'homme se met à retentir de différents bips.
Il regarde alors son écran : les détecteurs carillonnent à leurs positions, les drones sonnent pour l'avertir en lui envoyant des images en direct. Gotyas les consulte immédiatement.
« Nooon, ça a marché !
— Que se passe-t-il, chéri ? Quelque chose de grave ?...
— Plus ou moins, mais c'est plutôt urgent ! Aurora, je suis désolé, je resterais volontiers avec toi, mais je dois partir maintenant. Je te promets de revenir ensuite, OK ?
— Maintenant ? Tu plaisantes ?
— Ce serait de très mauvais goût, ma belle ! Écoute, je dois remonter jusqu'à ma voiture pour récupérer un sac, ensuite je reviendrai ici... Je peux utiliser ton souterrain ? Tu me verras en revenir tout à l'heure !...
— Mais... oui, bien sûr ! C'est quoi ce... »

Aurora n'a pas le temps de terminer sa phrase que son homme remonte déjà par l'ascenseur. Il en ressort discrètement, passe par la cuisine en constatant que tous les domestiques sont couchés et sort du château pour atteindre sa voiture.
Il saisit son sac, réalise le même parcours en sens inverse et retrouve sa dulcinée.
Quelle surprise, lorsqu'elle voit son amoureux se transformer en guerrier de la nuit avant de s'engouffrer

rapidement dans le tunnel, se contentant d'un simple « je t'expliquerai à mon retour, tout à l'heure... » !

À sa sortie du souterrain, l'homme en noir sait exactement où trouver sa proie puisque son piège est situé non loin du lieu où il avait aperçu cet autre rôdeur nocturne la première fois.
Il s'approche néanmoins du lieu avec prudence avant d'être repéré par sa victime, suspendue par une jambe, qui a remarqué les deux lumières rouges de ses lunettes à vision nocturne.
C'est un homme : blond, le regard clair, les yeux exorbités de frayeur.
Sa minceur frôle la maigreur, malgré une carrure qui trahit un passé de sportif.
Il porte une tenue kaki et des godillots trop grands.
Il s'adresse alors à celui qui l'a capturé :
« Hein ?! Quoi ? C'est quoi, ce piège ? Vous êtes qui ?! »
Gotyas lui répond d'une voix semblant sortir des ténèbres, à travers son masque modulateur de voix :
« Tais-toi ! Misérable !... C'est moi qui pose les questions !
— Que... Je...
— Première question : qui es-tu ?!...
— Je n'ai rien à vous dire ! Détachez-moi !
— Tu le prends sur ce ton ?... Es-tu certain d'être en position de me donner des ordres ? »

Il pointe alors la flèche de son pistolet arbalète vers la tête du malheureux, qui commence à trembler de peur :
« Non, OK ! Ne faites pas ça, s'il vous plaît !
— C'est mieux, mais insuffisant. Je t'ai posé une question ! »

Il place alors son couteau sur la gorge du piégé :
« Ça va ! Ça va... Je m'appelle Christopher !
— Et alors ? Tu n'as pas de nom de famille ?...
— Verletzt ! Christopher Verletzt !
— Bien... Ne bouge pas ! Je vais t'attacher les mains et les pieds avec mes menottes... D'où viens-tu ?
— J'habite à côté, au village de Tranzerault ! »

Après avoir ligoté sa proie, Gotyas coupe les lianes la suspendant d'un seul coup de couteau.
Verletzt s'effondre au sol en gémissant de douleur, presque assommé. Son tortionnaire poursuit son interrogatoire :
« C'est toi, le multiple champion ? Champion de France, d'Europe, du monde ? Triple champion olympique ? Pékin, Londres, Rio ? Pour les trois disciplines ? Carabine, pistolet, et fusil ?
— Vous me connaissez, alors ?...
— Quelqu'un qui s'intéresse au tir ne peut que te connaître !... Mais que fais-tu ici, en pleine forêt, la nuit ? Pourquoi tuer les enfants de la nature, tout comme toi ?! Des animaux inoffensifs qui composent notre écosystème et lui sont indispensables ! Ces animaux, mes amis !...
— Mais qu'est-ce que ça peut vous faire ?! Vous êtes un malade !
— TU ES SUR *MA* PROPRIÉTÉ ! D'ailleurs, toute cette planète est ma propriété ! Les hommes comme toi, vous êtes tous des irresponsables... Moi, je suis le vengeur de notre Terre-Mère, je suis son bras armé, chargé de la protéger et d'éliminer quiconque lui fera du mal ! Tout comme toi ! S'attaquer à la faune, à la flore, sans raison, c'est s'attaquer à moi !

— S'il vous plaît, monsieur, ne me tuez pas, je vais vous expliquer !
— C'est bien ce que j'attends de toi, mon cher Christopher... J'aimerais comprendre pourquoi je viens de trouver un champion olympique en train de braconner, en pleine nuit ! »

Le champion, apeuré, respire bruyamment avant de pleurer, tout en essayant de s'expliquer :
« Voilà, monsieur... Juste après Rio, un sponsor m'a offert des essais d'*ultra cars* sur le circuit de Spa. Je me suis laissé griser par ces nouvelles sensations, par la vitesse, la conduite me paraissait si facile... J'ai raté un virage, au bout d'une ligne droite à plus de 300 km/h ! La voiture s'est envolée avant de se fracasser au sol après de multiples tonneaux, pour terminer sa course en se disloquant. Le cockpit de survie était tout ce qui restait de la voiture et il m'a sauvé la vie, bien que j'aie moi aussi été amoché, avec de multiples fractures aux jambes, aux bras et les poignets broyés... Malgré mes titres, je n'ai pas fait fortune en étant champion de tir. Les sponsors vous donnent les moyens de pratiquer avec le meilleur matériel, les meilleurs entrainements, mais ce sont eux qui bénéficient de tout l'argent que rapportent vos victoires. Ils ne vous offrent que de modestes primes en retour, en dehors des remboursements des frais de déplacement par la Fédération... Le jour où vous ne pouvez plus pratiquer, ils vous abandonnent, TOUS ! Au point que l'on m'a obligé à rembourser la voiture détruite, d'une valeur de quatre millions d'euros. L'assurance du sponsor en a payé la moitié grâce au contrat que j'avais signé, sans le lire, avant de franchir la ligne de départ. Mon assurance a pris en charge un autre million, mais il m'en reste encore un à rembourser

à titre personnel... J'ai tout perdu ! J'ai dû vendre tout ce que j'avais ! Notre maison en banlieue parisienne, nos deux voitures. Nous sommes revenus habiter ici, chez les parents de ma femme, avec nos quatre filles ! Nous n'avons plus rien ! Durant presque trois ans, j'ai subi de multiples opérations pour me reconstituer bras et jambes, mais je ne pourrai plus jamais tirer au plus haut niveau !...
— Je ne connaissais pas cette histoire. C'est triste, plutôt injuste... Mais dis-moi, tu avais bien une profession ? Tu étais militaire, n'est-ce pas ?
— Oui, un simple militaire sous contrat, tireur d'élite. L'accident s'étant produit dans un cadre civil, les blessures m'ayant rendu inapte au service, l'armée m'a renvoyé sans aucune indemnité !...
— Je vois...
— Monsieur, si j'en suis arrivé à braconner ici, c'est simplement parce que mes beaux-parents ont des moyens modestes, nous n'avons plus d'argent, et c'est la seule solution que j'aie trouvée pour nourrir toute la famille gratuitement, en dehors du potager ! Je ne suis pas un chasseur, je déteste ça ! Faire du mal à ces petites bêtes... C'est uniquement par nécessité que je le fais, pour survivre... Je pêche aussi, de temps en temps, ça ne fait pas de moi un criminel pour autant ?!... Je paye encore très cher cet accident, ma famille a encore besoin de moi, alors s'il vous plaît, ne me faites pas de mal et laissez-moi partir, monsieur !...
— Tu ne recommenceras pas ?
— Non, monsieur ! S'il s'agit de votre seule exigence, vous ne me reverrez plus jamais dans cette forêt ! ... »

Gotyas s'éloigne de l'homme pour réfléchir, il fait les cents pas à la recherche d'une solution à ce dilemme auquel il se retrouve confronté.

Entre ses convictions liées à sa Terre-Mère, la misérable existence de Verletzt, déjà victime avérée de la vie, et son sens exacerbé de la justice, il ne sait comment trancher pour mettre fin à cette situation...

Il revient vers sa proie ligotée avec une proposition :

« Bien ! Je n'ai aucune pitié pour toi, avec tes faits de braconnage, néanmoins, j'ai une proposition à te faire... Avant tout, j'aimerais savoir combien tu dois encore à ton assureur.

— Un peu plus de 250 000 euros... Je paye un crédit pour les rembourser et ma femme n'a que son modeste travail de nourrice à domicile. Quant à moi, personne ne veut m'embaucher car je ne sais pas faire grand-chose en dehors du tir, et avec ce corps brisé, je n'ai que quelques propositions de travail temporaire pour des missions qui me font souffrir le martyre !...

— Je ne doute pas de ta sincérité... Seulement tes actes de braconnage viennent meurtrir mes convictions les plus profondes... J'ai un parcours et une vie moi aussi, mon cher Verletzt ! Ainsi que d'excellentes raisons de condamner tes actes de cruauté, qui animent ma colère envers toi !...

— Monsieur, dites-moi ce que vous attendez de moi pour que je puisse partir rejoindre ma famille, la vie sauve ! S'il vous plaît !

— Ma proposition est simple et consiste en un choix de ta part... La vie ? Ou la mort ?...

— Quoi ? Mais comment...

— Attends, attends, attends, mon petit Christopher ! Je vais t'expliquer : tu choisis la mort ? Je te planterai avec délectation mon couteau d'un côté de l'abdomen avant de le faire glisser de l'autre côté. Puis je te jetterai dans le ruisseau face contre l'eau pour que tu puisses regarder poissons et autres carnassiers déguster tes viscères...

Quand on te retrouvera, les gens comprendront aisément ton suicide lié à ta misérable vie, ta femme obtiendra le solde de votre crédit grâce à ton décès et l'assurance qui y est associée. Elle pourra enfin recommencer une nouvelle vie avec tes filles et se sortir du bourbier dans lequel tu les as plongées depuis trop longtemps...
— Et si je choisis la vie ?...
— C'est une autre affaire, mon cher, mais tu seras à moi ! Dans un premier temps, tu me jureras de ne plus jamais braconner...
— Je le jure !
— Ce n'est pas si facile, car ce n'est pas tout !
— Dites-moi !
— Dans une semaine, tu reviendras ici même, à la même heure. Au pied de ce chêne, tu ôteras quelques feuilles et sous quelques centimètres de terre, tu trouveras un sac avec 100 000 euros à l'intérieur. Ils seront pour toi ! Tu en feras ce que tu veux ! Soit tu les conserveras pour rembourser ton crédit, ce qui fera diminuer tes mensualités, soit tu les utiliseras pour vos frais du quotidien.
— Mais... je ne comprends pas ?
— Je n'ai pas terminé, tu vas comprendre... Car dans un second temps, je veux que tu reprennes des entrainements intensifs de tir !
— Mais je ne peux pas ! Je n'en suis plus capable !
— Dis-tu sans avoir essayé… n'est-ce pas ?
— C'est vrai...
— Je suis un tireur, moi aussi, j'utilise de nombreuses armes.
Le tir n'est pas qu'une faculté à se positionner et à appuyer sur la détente, c'est aussi une vision, une interprétation de nombreux paramètres, un ressenti, une sensation... Il est fort probable que j'aie besoin de tes

qualités de tireur dans les mois à venir. Lorsque ce sera le cas, je solderai ce que tu dois pour ce terrible accident en échange de ce service rendu... Alors ? Quel est ton choix ?

— La vie ! En incluant toutes vos conditions... Mais comment saurai-je à quel moment vous aurez besoin de ce service ?

— Je sais maintenant qui tu es, où tu habites, je saurai te recontacter d'une façon ou d'une autre. Tout comme je saurai, entre-temps, si tu t'es véritablement entrainé et si tu as recouvré un bon niveau... Je saurai aussi si tu continues de braconner ; tu vois, j'ai réussi à te capturer après t'avoir vu me fuir la première fois que tu as croisé mon chemin, alors fais bien attention ! Je suis tolérant aujourd'hui car tu représentes un intérêt à mes yeux, mais modifie le moindre paramètre de ce deal et il deviendra caduc ; la conséquence sera la fin de ta vie avec effet immédiat ! Même issue si tu refuses le service que je te demanderai ou si tu parles de cette discussion à quiconque...

— Comment pourrai-je justifier ces 100 000 euros auprès des miens ?

— Un gain au jeu, tout simplement, idem auprès de ton assureur...

— Mais qui êtes-vous ?

— Un fantôme. Tu n'as pas besoin de savoir. Maintenant, va-t'en ! Tu ne reviendras ici que dans une semaine. »

D'un coup de couteau, Gotyas libère son prisonnier des menottes à ses pieds, puis à ses poignets.

Verletzt se relève, le remercie d'un signe de tête et s'enfuit en courant.

Gotyas a de sérieux doutes à propos de lui, mais il préfère le considérer comme un investissement pour l'avenir...
Il attend que l'ex-braconnier s'éloigne davantage avant de retourner à l'entrée du tunnel menant au château, de le parcourir à nouveau et ainsi de retrouver la Contessa...

En entrant dans la chambre, il constate que la belle s'est endormie, nue, emmêlée dans ses draps de satin rouge. Il se déshabille à son tour et la rejoint discrètement pour ne pas l'éveiller. Elle ouvre à peine les yeux en lui demandant :
« Ça y est ? Tu es revenu ?...
— Oui, tout va bien, je reste avec toi, tu peux te rendormir... »

Cette folle journée se termine par un chaste baiser de la part d'un fantôme sur le front de la plus belle représentante de la noblesse italienne, son Être financeur...

UN JOUR NOUVEAU
de révélations...

Le soleil s'est levé depuis quelques heures, mais de sa chambre souterraine, le couple ne s'est aperçu de rien.

Aurora se réveille la première, s'émerveillant de la présence de son homme nu, encore endormi, à ses côtés. Elle se rapproche pour se coller contre son corps, lui embrasse le torse de doux baisers discrets avant de descendre ainsi jusqu'à ses abdominaux, puis encore plus bas, jusqu'à son sexe.

Une faim, un désir de chair la pousse à le saisir, à le prendre pour le porter à sa bouche. Ses douces succions, ses jeux de langue finissent par réveiller son homme, qui se gorge de tout son sang et se raidit préalablement à un nouvel acte d'amour.

Il se laisse ainsi conquérir, consentant à la douceur d'Aurora, à cet amour immuable, intemporel rimant avec éternel.

La Contessa vient à le chevaucher, une étreinte du matin pour se rappeler la réalité de toutes les émotions de la nuit passée. Après quelques minutes, le couple jouit une nouvelle fois d'un orgasme commun avec cette unique position, en toute simplicité.

« Mon bel homme, je voulais te réveiller avec tout mon amour et te sentir encore en moi, c'est si bon...

— Tu m'as réveillé tout en douceur, ma belle Aurora, tu me combles déjà alors que la journée ne fait que commencer...

— Viens avec moi, juste à côté, il y a tout ce qu'il faut dans cette cuisine pour nous préparer un bon *american breakfast*. Ça te tente ?...
— Hmm, j'adore ça !
— Je vais me mettre aux fourneaux, alors, pendant que tu m'expliqueras ta sortie nocturne si mystérieuse...
— Plus tard, ma douce, je te promets toutes les explications que tu souhaiteras. Profitons d'abord de ce petit déjeuner, ensuite je te propose que nous parlions de notre gigantesque projet...
— Très bien ! Ça me va, comme organisation, faisons cela ! »

Comme deux adolescents, deux gourmands, les complices profitent de leur *breakfast*. Sourire aux lèvres, en jouant, se taquinant, ils profitent de ce nouvel instant de bonheur.
Restant sous terre, ils prennent ensemble leur douche, autre moment de partage maintenant décomplexé, avant de s'habiller. Gotyas range tous ses effets dans son sac et ils rejoignent ensemble la surface du château, toujours aussi discrètement, par le biais de l'ascenseur.
Giovanna, surprise, les retrouve dans l'orangerie, où elle leur sert un café sans poser aucune question.
C'est ensuite que la comtesse propose à celui qui est encore son invité professionnel, aux yeux du personnel, de l'accompagner à l'étage, dans son bureau, pour discuter de ses affaires.
La pièce est une bibliothèque, toute en boiseries de chêne, remplie de nombreux livres sur tous les sujets et de toutes les époques. Sa propriétaire en a lu la quasi-intégralité, tant en français qu'en italien.
Elle s'installe derrière son bureau de style Empire, faisant face à son nouveau partenaire d'affaires.

« Alors ! Par quoi souhaites-tu que nous commencions ?!...
— Uomini del sole ! Prototype n° 1 ! Je l'évoque dans l'étude que je t'ai confiée, j'aimerais maintenant t'apporter les précisions. À soixante kilomètres d'ici, à Daillac, se trouve ta mine de barytine et de fluorine. Le lieu serait notre premier essai de transformation d'un site minier en centrale au sol photovoltaïque. Tu possèdes environ cinquante hectares de terrain dont vingt sont exploités pour l'extraction. J'aimerais être chargé de toute la transformation technique de ce site : l'enfouissement de la mine, la recherche des modèles de panneaux solaires, et de toute la mise en place de l'outil informatique qui gèrera entièrement le site. Bref, j'aimerais que tu me donnes la main sur toute la partie technique liée à ce premier prototype de reconversion afin que je puisse en évaluer toutes les difficultés, pour être capable de dupliquer ce projet en appliquant les mêmes méthodes à tes autres sites miniers à reconvertir. De ton côté, je te laisse gérer les politiques, les employés, bref, tout l'humain et l'administratif... Cela te conviendrait ?...
— Heu, je ne sais pas ? Je n'ai jamais fait ça, pas véritablement...
— Je t'aiderai en étant à tes côtés, ne t'inquiète pas pour ça... Ce que je te propose maintenant, c'est que nous nous rendions sur place...
— Je n'y suis jamais allée ! Cela a toujours été Carlo !
— Alors tes employés vont faire la connaissance de leur vraie patronne ! Hahahahaha !
— Ça te fait rire ? Ça me fait un peu peur...
— C'est ta nouvelle vie qui commence maintenant ! Je trouve ça plutôt excitant !... Va te changer, enfiler un blouson, un jean, des bottes en caoutchouc, je t'emmène !

Au passage, nous nous arrêterons chez moi et je me changerai également... OK ?
— Maintenant ? OK... »

L'art de convaincre de ce cher Gotyas, ou comment transformer une comtesse en directrice de chantier !
Quelques minutes plus tard, ils prennent ensemble la route, s'arrêtant brièvement au domicile de ce dernier pour repartir ensuite en direction de la mine.
Tout au long de la route, Aurora découvre des paysages qu'elle ne connaissait pas, s'étant limitée durant des années à la prison dorée du château et de ses alentours.
Gotyas se régale à l'observer, constatant de multiples changements s'opérer en elle, la surprise et le plaisir qu'elle prend à découvrir ce monde extérieur qui lui était jusqu'à présent inconnu.
Une fois sur place, ils se présentent dans des bureaux tout aussi inconnus, rencontrent le responsable du site et les différents agents techniques.
Tous sont surpris par l'apparition de cette patronne qu'ils n'ont jamais vue, par l'absence durable de Carlo Lombardi et par la brève annonce d'une potentielle reconversion du site, et s'inquiètent de la perte éventuelle de leur emploi.
Le duo demeure rassurant, expliquant simplement le déclin actuel de la mine, qui est bien plus inquiétant qu'un projet d'avenir où chacun conservera probablement sa place.
Cette nouvelle direction demande ensuite à visiter intégralement les lieux : la fosse d'extraction à ciel ouvert, les galeries, l'usine de traitement, en restant accompagnés des différents agents.

La simplicité amenant à la simplicité, tout au long de l'après-midi, une connexion de plus en plus chaleureuse se crée entre les différents protagonistes et le duo.

Si bien que tout le monde est enchanté par ces diverses rencontres, certes surprenantes, mais prometteuses. Un avenir plus serein se dessine malgré cet esprit très novateur pour ces salariés de longue date...

À l'issue de la visite, Gotyas tient à battre le fer tant qu'il est chaud, et dans la foulée, il propose à Aurora de rendre visite au maire de la commune afin de se présenter, de présenter le projet de reconversion, de se renseigner au sujet des aides potentielles de l'État, tout en expliquant les futures retombées économiques bénéfiques de cette nouvelle affaire pour la municipalité.

La complice, surprise une fois encore, l'est tout autant que ce brave M. Barbot, maire de Daillac, à l'arrivée des deux énergumènes dans sa mairie.

Derrière son teint rougeaud et ses volumineuses bacchantes, ce dernier comprend néanmoins tous les intérêts qu'il pourra retirer, en tant qu'élu local, de cette nouvelle entreprise. Il les assure ainsi de toute son implication, avec le soutien de son conseil municipal.

Après cette dernière visite, il est temps pour le duo de rentrer à Ulys, sous le soleil couchant.

Aurora admire de nouveau la beauté de cette campagne tout en poursuivant sa conversation avec son partenaire :

« C'est bien, ce que l'on va faire pour la planète, non ?

— Ah ça, oui ! Cette mine produisait du baryum, qui est notamment un des composants des boues de forage pour extraire le pétrole ! De plus, elle était presque tarie et son terrain n'a pratiquement aucune valeur, ni agricole, ni foncière. Avec l'énergie que nous allons produire à l'année, grâce au soleil, nous allons répondre aux besoins d'au moins 3 000 personnes, avec une installation qui, dans sa globalité, sera recyclable à 90 % ! Comparativement à une centrale à charbon produisant la même quantité d'électricité, nous allons épargner à l'atmosphère un rejet de plus de vingt tonnes de CO_2 par an !

— Au niveau financier, tu peux me rappeler les chiffres ?

— Bien sûr ! Autour de huit millions d'euros que, pour une fois, tu n'investiras pas à fonds perdu, pour un chiffre d'affaires annuel de 1,5 million d'euros – pour la prévision la plus basse. C'est donc la perspective d'une rentabilité plutôt bien menée, rapide, propre, pour un avenir sain, écologique et une reconversion digne de tes ancêtres Visconti pour cette entrée dans le XXIe siècle !

— *Bene, bene...* Tu comptes commencer quand et comment ?

— Je vais avoir besoin de Lisa pour qu'elle prépare toutes les formalités administratives et juridiques de cette refonte d'entreprise. Je la contacterai une fois que nous serons rentrés... Puis nous procéderons au ralentissement progressif de l'activité minière pour engager en même temps le début des travaux de l'activité photovoltaïque. C'est-à-dire : enfouissements, débroussaillement, gestion des eaux et de l'environnement, nivellements et terrassements, création des voiries, refonte des bâtiments actuels ainsi que de l'usine de traitement en zone de stockage électrique, puis construction des clôtures du site. Sans compter, durant ce chantier, la pose progressive des panneaux selon son avancée. À propos de l'enfouissement de la fosse et de la destruction des galeries, il va falloir trouver un artificier de talent, un artiste de la dynamite !...

— J'ai une petite idée pour ça... Quelqu'un dont Carlo m'avait parlé de manière assez admirative. Une

personne qui était itinérante selon les besoins de chacune de mes mines... Je t'en reparlerai...
— Super ! Nous avons bien avancé pour un premier jour... Tu as aimé cette journée ?...
— J'ai TOUT aimé ! J'ai surtout aimé être avec toi, et constater tes autres talents... Et puis, j'ai enfin cette sensation d'être vivante, utile ! Cela me fait tellement de bien...
— Aaaaah ! J'étais certain que tu aimerais ! Je te propose finalement de contacter Lisa dès maintenant et que nous nous retrouvions tous les trois chez moi, si elle est disponible...
— Pourquoi pas ? Elle a aussi son rôle à jouer dans ce projet, cette petite !... »

Lisa arrive chez Gotyas dix minutes après le retour du duo d'affaires, juste à temps pour déguster avec eux une bonne bouteille de bordeaux blanc.
Le maître des lieux prend alors la parole :
« Bien ! Mesdames, je suis ravi que nous soyons réunis tous les trois ce soir afin d'aborder des thèmes importants à propos du projet Uomini del sole. Lisa, je n'ai pas encore pris le temps de t'expliquer l'entretien d'hier avec M. Lombardi, je vais donc commencer par cela avant de poursuivre en t'exposant tes prochaines tâches... »

Lisa écoute attentivement le récit de son mentor, passant par diverses émotions toutes plus contrastées les unes que les autres avant de reprendre :
« Je résume : nous avons carte blanche pour le projet Uomini del sole, la comtesse est OK, elle nous suit pour la Cause, je vais donc travailler à remettre d'aplomb l'établissement de Daillac dans sa restructuration légale

et administrative... et vous avez enfin réussi à coucher ensemble après quinze ans !... BRAVO ! »
La Contessa rétorque :
« Coucher ? La Cause ? Mais que raconte-t-elle, Gotyas ?
— Lisa ! Je te trouve un peu brutale ! J'aimerais que tu respires profondément tout en te calmant, sans laisser une forme de jalousie inutile prendre le dessus sur ton mental et blesser ainsi Aurora, qui ignore encore pas mal de choses, notamment à propos de cette cause qui nous anime... Je vais donc te laisser le temps de lui expliquer, tout en délicatesse, sans hargne ni hardiesse, l'appellation Uomini del sole et son rôle à elle dans cet autre projet dont elle ne connaît encore rien... »

Lisa reprend alors son souffle, ses esprits, le contrôle de ses émotions, avant de se lancer dans une longue tirade expliquant la Cause, pourquoi Aurora et son rôle dans cette aventure.
La Contessa, à son tour, passe par de multiples émotions contrastées allant jusqu'aux larmes. À la fin du récit, elle s'adresse à son homme :
« *Santo cielo* ! Vous êtes tous les deux complètement cinglés ! Gotyas, tu m'as utilisée ?! Tu m'as manipulée depuis le début ?!
— Hey ! Du calme ! Lisa t'a expliqué elle-même qu'elle avait trouvé en toi l'incarnation de notre Être financeur ! J'ai immédiatement pensé qu'elle avait raison, d'autant plus lorsqu'elle m'a expliqué ta situation...
— Et tu en as profité !
— C'est vraiment ce que tu penses ? L'idée était de trouver une solution qui sauverait tes sociétés et qui rapprocherait ton mari de toi ! Évidemment que mes services liés à cette solution me permettraient de gagner de l'argent que je destinerais à la Cause, mais j'estimais

que je devrais t'en parler lorsque je te sentirais prête à entendre le fond de ce projet encore bien plus grand ! Est-ce moi qui me serais trompé à ton propos ? Comment aurais-je pu imaginer la réaction de Carlo ? Personne ne savait ce qu'il déciderait, et encore moins que ses aveux engendreraient un départ aussi précipité ! Ne penses-tu pas que ta vie sera plus belle, maintenant ? Que ton destin en sera plus grand et noble ? Malgré tous les risques ? Non, Aurora, personne ne se moque ni se joue de toi dans cette pièce...

— Tu es rusé, mon ami, et tu en as profité pour me faire l'amour !...

— Tu penses ça aussi ? Je t'ai résisté durant quinze ans pour la bonne raison que tu étais mariée ! Si je ne l'avais pas fait, tu penses que je t'aurais soupçonnée d'avoir profité de moi, Aurora ?... Tu en viens à penser cela de notre histoire ?...

Le seul point sur lequel tu peux me faire des reproches est mon silence à propos de la Cause. Seulement, lorsqu'une conspiration se met en place, quel qu'en soit le but, on s'assure que les personnes avec lesquelles on va collaborer pour la concevoir sont fiables. Ma question est simple, Aurora : peut-on te faire confiance, et acceptes-tu de nous rejoindre dans cette cause ? Si ce n'est pas le cas, je te demanderai simplement de garder le silence quant à mes activités avec Lisa et de profiter des attraits et bénéfices de tes sociétés reconverties... Car il en ira de nos vies...

— Je vais réfléchir... Tu me matraques toujours d'une multitude d'informations, Gotyas, et la journée a été très longue...

— Je comprends... Autre point : je veux être limpide auprès de vous deux, mesdames. Chacun de nous trois connaît l'amour qu'il a dans le cœur ainsi que celui des autres, et ce que les autres éprouvent pour lui. Je vous aime toutes les deux mais n'appartiens à personne, car ma foi en la nature, en notre planète, en l'humanité est bien au-dessus de tous mes sentiments. Je leur consacre ma vie sans la moindre hésitation à travers cette cause. Si vous en avez suffisamment la force, pardonnez-moi de ne pas vous offrir l'exclusivité de mon amour. Fuyez-moi si cela ne vous rend pas heureuses, je le comprendrai, haïssez-moi si vous le voulez, je ne cesserai pas de vous aimer toutes les deux de ce même amour. Mais ne vous déchirez pas pour moi, respectez-vous, aimez-vous comme je vous aime. Et si vous le pouvez, vivez cet amour aussi fort que notre cause, profitez de cette lumière que la vie vous offre, de cette occasion que nous avons de sauver le monde, même si c'est au péril de nos vies ! Si vous pensez ne pas avoir cette autre force, partez et gardez pour vous tout l'amour de notre histoire dans le creux de votre silence. »

Lisa lui répond :
« J'ai été un peu sanguine tout à l'heure, j'en suis désolée, tu sais à quel point je t'aime, autant que notre cause...
— Je sais, Lisa, je t'aime aussi pour ta compréhension et ta dévotion, cela m'honore tellement... »

Aurora ajoute :
« *Bene* ! J'ai assez réfléchi ! Certes, cela fait beaucoup d'informations, mais je ne veux plus perdre de temps à vivre en utilisant 20 % de mes possibilités ! Ma vie serait restée morne si, depuis hier, les projets de Gotyas ne l'avaient pas totalement transformée. Alors, bien sûr, je ne sais pas de quoi demain sera fait, mais ma vie ne sera pas pire. Je savais que tu cachais autre chose derrière tes

projets de reconversion de mes entreprises, Gotyas, je le ressentais profondément ! Tout comme ta Cause est belle et à la hauteur de ta grandeur ! Tu m'as démontré que l'on n'avait qu'une vie, prouvé que l'on pouvait la changer, tout ce qui m'arrive est grâce à toi, *amore* ! Alors, comment ne pas lier mon destin au tien et partager avec vous cette aventure humaine, en tentant de sauver ce qu'il reste de l'humanité ? Il faudrait que je sois aussi égoïste qu'aveugle ! Je vais vous rejoindre avec dignité, je serai votre nouvel Être, fidèle au nom de l'amour et de notre Terre, si vous souhaitez toujours m'accepter... Lisa, je t'ai toujours bien aimée et te remercie d'avoir parlé de moi à notre ami, notre homme. Je me suis un peu emportée, moi aussi, mais depuis quelques heures, je vis tout avec une intensité que je n'avais encore jamais connue auparavant... Il ne faut pas m'en vouloir, je ne te percevrai pas comme une rivale, mais comme une alliée dans notre mission, en acceptant que nous aimons le même homme...

— Je n'en doute pas, Contessa, je savais que vous seriez notre prochain Être si précieux ! Vivez l'amour et profitez de cette nouvelle existence, nous sommes ensemble dorénavant autour de la Cause et ne formons qu'un !

— Contessa, Contessa ! Tu peux m'appeler Aurora, maintenant, et me tutoyer, *mia dolce* Lisa, je t'en prie ! »

Gotyas conclut alors :
« Mesdames, vous me rendez très heureux, notre merveilleux cercle s'agrandit magnifiquement, la Cause va encore avancer... Cependant, j'ai une dernière confidence à vous faire... »

Notre homme n'est plus à une révélation près en cette journée ! Il n'a pas encore eu le temps d'informer Lisa du cas de Christopher Verletzt, le « braco », et ne souhaitait évoquer cet épisode devant Aurora que si elle se décidait à rejoindre sa conspiration.

Il raconte cette histoire depuis son début, n'omettant aucun détail, sous les nouveaux regards stupéfaits de son auditoire.

Lisa souligne la dangerosité pour lui de tout avoir géré seul dans l'inconnu absolu.

Aurora déclare :

« *Bene*, je te dois l'argent pour ton étude et le projet, cela fait déjà plus que ce que tu comptes donner à ce Verletzt. J'ai les 100 000 euros dans mon coffre au château, tu les auras pour la semaine prochaine ! Mais dis-moi, tu envisages d'utiliser les services d'un sniper à l'avenir ? Pour un assassinat ?!

— Je ne sais pas... J'ai quelques idées... Comme toujours, me diras-tu ! Un sniper est précieux pour sa précision de tir inouïe. Ce gaillard était un des meilleurs au monde ! Tuer, ce ne sera qu'en dernier recours... Bref ! Tu disais tout à l'heure que la journée a été longue, je partage complètement ce ressenti physique ! Je vous propose quelque chose, mesdames : puisque personne n'a dîné, je peux vous préparer un repas très simple pour prolonger nos discussions et vous garder encore un peu avec moi. J'aime tellement votre compagnie... Puis, si cela ne te dérange pas, Lisa, puisqu'Aurora habite le long du chemin que tu empruntes pour retourner chez tes parents, tu pourrais la déposer au château ?... »

Évidemment, chacune des deux femmes espérait silencieusement terminer la soirée dans les bras de son homme.

Mais elles respectent néanmoins son attention, cette délicatesse qui le pousse à ne pas entretenir, sur le moment, de déséquilibre quelconque, leurs sentiments étant déjà fort éprouvés.
Elles comprennent également la fatigue de ce dernier, son besoin de repos au regard des dernières vingt-quatre heures écoulées et de ce qui l'attend encore.
Alors, sans concertation, elles acceptent de bon cœur sa proposition.
De belles tranches de jambon cru en entrée, affiné façon Gotyas, une omelette composée de généreux lardons et de belles pommes de terre dorées, le tout accompagné d'un succulent bourgogne. Et pour finir, quelques variétés de fromages et de yaourts aux fruits dont leur hôte a le secret.
À l'issue de ce simple dîner, les deux femmes l'embrassent tendrement dans l'attente d'un nouveau lendemain ensemble.
Lisa raccompagne Aurora, qui lui propose d'achever cette soirée en dégustant un des cognacs de la collection de « ce cher Carlo qui n'en aura plus besoin » tout en crapotant un de ses cigares cubains.
Alors que leur homme dort déjà, les deux nouvelles complices discutent encore, rient, s'amusent, s'enivrent, si bien qu'Aurora propose une chambre à sa nouvelle amie pour prolonger la nuit et la protéger de son ivresse.

Les heures se sont enchaînées, mais ne se sont jusqu'à présent jamais ressemblé, ni pour l'une, ni pour l'autre, depuis leur collision avec la planète Gotyas.
La seule certitude est cet amour profond, infini, que chacune d'elles ressent désormais dans son cœur, ainsi

que ce sentiment enivrant de liberté, d'un avenir hors du commun qui se profile.

EUGÈNE MATARON
Tuer le tueur... Tu es le tueur !

Une semaine plus tard, un braconnier nommé Verletzt trouve dans le bocage, au pied d'un arbre, un sac noir rempli de billets, d'une valeur de 100 000 euros.
Gotyas s'assure de la bonne réception de ce trésor en envoyant un de ses drones furtifs filmer la scène.
Puis la chaleur écrasante de l'été laisse place à la douceur de l'été indien vêtu de sa robe rousse.
Durant cette transition, chacun s'affaire à sa mission.
Aurora emmène Gotyas avec elle pour procéder à la même démarche qu'à la mine de Daillac.
Leur périple les fait passer par un autre site français en Bourgogne, puis en Allemagne, en Italie, pour se terminer en Bulgarie.
Ils profitent de ces déplacements pour passer ensemble des moments agréables, détendus, tant professionnels que personnels, comme de bons vivants.
Ainsi, ils apprennent à se connaître davantage, tout en peaufinant les différentes reconversions de chaque mine.
Ils continuent d'apprendre, de s'enrichir de tout et de s'aimer.
À chacun de leurs retours, ils rapportent des piles de documents précieux pour Lisa, qui est toujours immergée dans ses tâches légales et administratives.
Cette dernière en arrivait à vivre régulièrement chez Gotyas, s'occupant de sa maison, de ses animaux durant ses absences. Elle apprécie ce lieu calme et discret pour travailler.

Tout comme lui, elle trouve cette propriété inspirante, autant pour ses idées personnelles que dans le cadre de sa mission.

Elle se projette enfin dans cet avenir où elle n'envisageait pas de trouver le moindre bonheur ces derniers mois.

Chaque retour de son homme est une fête qu'ils partagent ensemble, avec des moments simples mais également de l'amour.

Gotyas ne l'oublie jamais lors de ses voyages et lui rapporte toujours un présent, qu'elle apprécie à chaque fois.

Uomini del sole avance inexorablement dans sa transformation théorique, tout en se rapprochant du premier coup de pelle.

La lueur des journées se raccourcit, les dernières feuilles mortes se décrochent de leurs branches, le bleu du ciel se cache progressivement derrière le gris des nuages...

21 novembre 2021, ce matin, la campagne est fraîche, le ciel est bas, chargé de nuages sombres ; la pluie viendra sûrement un peu plus tard dans la journée.

À la fenêtre qui se trouve près du poêle à bois de sa cuisine, Gotyas est seul. Il observe la nature en la remerciant de l'accueillir un jour de plus, lui, cet autre animal sauvage – car c'est ainsi qu'il se sent.

Après avoir posé sa tasse de café noir brûlant sur le rebord, il se roule sa première clope, paisible malgré la nuit alcoolisée dont il cherche encore à se remettre.

Peu importe, dans son esprit, c'est dimanche.

Il n'aime pas ce jour de la semaine, symbole d'inactivité humaine, de fin d'une tranche de temps, de mort.

Il s'est lui-même persuadé qu'il connaîtrait son propre trépas un dimanche, précisément !

Curieuse idée, n'est-ce pas ?
Mais notre protagoniste ne l'est-il pas ?
C'est aussi ce jour où, volontairement, il ne s'intéresse pas à l'actualité de ce monde, préférant s'accorder la tranquillité de l'esprit, le repos après la semaine écoulée, en quête de sa paix intérieure, de son recentrage avec lui-même.
Certes, Gotyas n'aime pas le dimanche, il admet cependant qu'il lui est nécessaire à sa propre plénitude.
Après avoir ingurgité son café pour seul petit déjeuner et s'être enfumé, il laisse son esprit embrumé divaguer en buvant ce qu'il reste du bon vin de la veille.
Il remonte à l'étage, dans sa chambre, pour y méditer.
Ses animaux resteront encore en bas, au chaud, à se goinfrer de la nourriture qu'il vient de leur donner.

Tandis qu'il arrive près de son lit, une vision l'interpelle par une autre fenêtre. Celle de ce cerf majestueux, couronné de ses grands bois, qui vient de temps en temps dans le champ d'à côté, le regardant comme pour le saluer, cet étrange « collègue humain » de la nature.
Cela fait une dizaine d'années qu'ils se rencontrent, de plus ou moins près au fil du temps. L'animal a appris à reconnaitre ce camarade improbable, il sait que sa présence ne représente aucun danger.
Leurs regards se croisent, s'échangent des clignements d'yeux comme pour se souhaiter une bonne journée, Gotyas sourit à ce compagnon d'existence, à cette belle image…
Quand soudain, une détonation vient briser cet état de grâce !
Un son que Gotyas ne connaît que trop bien, celui d'un coup de feu !

Il n'a que le temps de se poser cette unique et courte question : « Ici ?! », avant de voir l'épaule droite de son ami le cerf exploser dans un panache de chair et de sang ! D'un seul bond, le malheureux animal franchit la bouchure séparant la propriété de Gotyas des champs, un réflexe désespéré pour se réfugier chez lui dans un dernier élan de peur.

L'homme, lui, accourt immédiatement en sautant quelques marches pour se rendre jusqu'à sa porte, lorsqu'il voit un chasseur franchir la haie à son tour et se jeter sur l'animal, dégainant un épieu pour égorger le pauvre animal criant et agonisant dans ses derniers sursauts de vie.

Le propriétaire du lieu surgit de sa maison en s'écriant : « Mais c'est quoi, ce massacre ?! Qui êtes-vous ? Que faites-vous chez moi ? »

L'inconnu est un homme d'une soixantaine d'années, gras, sale, non seulement à cause des taches de terre et du sang de l'animal sur sa tenue pseudo-guerrière de chasseur, mais aussi en raison d'une hygiène douteuse.

Des cheveux gris et huileux ont été découverts par sa casquette kaki trouée, qui est tombée durant son action.

Deux yeux vifs ressortent dans son teint rouge, buriné, aux veines capillaires violettes, apparentes, dans son visage gonflé d'homme décimé par l'alcool...

« Moi, m'sieur ? Ch'uis Eugène Mataron, je pensais pas qu'il y avait quelqu'un chez vous...

— Alors vous vous permettez de tirer à vingt mètres de mes fenêtres et de franchir le seuil de ma propriété ? C'est comme ça que vous agissez quand personne n'est témoin ?

— M'sieur, il m'a donné du fil à retordre, ce gaillard de cerf ! Voyant qu'il était touché et qu'il s'était réfugié chez vous, j'ai préféré le suivre pour abréger ses souffrances, c'est tout !

— Ah, c'est tout ? Mais il ne demandait pas à souffrir ! Il était en paix et me regardait sans peur, sans ressentir aucun danger avant que vous ne l'assassiniez !

— Assassiner, vous exagérez un peu, m'sieur, c'est la chasse, c'est pour le plaisir ! Le cerf était loin de chez vous et j'ai voulu bien faire en le suivant…

— Un plaisir ?… Tirer près des habitations ? Entrer dans une propriété privée sans y avoir été autorisé ? Tuer des êtres vivants innocents après les avoir traqués lâchement ? Vous me décrivez un loisir associant la mise en danger de la vie d'autrui, la violation de propriété et le crime, quel plaisir !

— Ooooooh, toi, tu commences à m'chauffer les oreilles avec tes allusions ! Si je ne me retenais pas, je te ferais goûter aussi de mon épieu !

— Ah oui ?! »

Se dirigeant droit sur le chasseur tout en jetant un regard aux alentours, s'assurant ainsi de sa discrétion, Gotyas arrive à sa hauteur et le désarme d'une seule main pour s'emparer de son arme. De l'autre, il procède à une clé de bras suivie d'un balayage appuyé faisant tomber lourdement le chasseur face au sol !

Il se retrouve alors avec son propre couteau tenu sous sa gorge et son agresseur à cheval sur son dos.

« Tu disais, Mataron ? Goûter de ton épieu ?... Que vais-je faire de toi, maintenant ? T'exploser l'épaule ? T'égorger ? Ou les deux, comme tu l'as fait à ton frère de la nature, mon ami le cerf ? Car *lui* était mon ami, pas toi, Mataron ! Au contraire ! Tu ne fais rien de légal, tu le sais ! Tu tires avant de rentrer dans mon havre de paix pour tuer un être sauvage, libre, vivant, qui ne t'a rien fait ! Tu comprends que je m'interroge à juste titre dans ces conditions, afin de savoir ce que je vais faire de toi ?... Après tout, j'ai entendu un coup de feu, puis j'ai vu un homme hirsute, ivre, armé, me menaçant dans mon jardin. Je l'ai désarmé comme je pouvais et l'ai tué pour me défendre ! Les choses se sont passées vite, je n'ai pas eu le temps de réfléchir car j'avais peur, je me sentais en danger... Ça se comprend ! Le cerf, quant à lui, je le ferai disparaître aussi facilement que si je devais le faire avec toi !... Alors, dis-moi, Mataron, QUE-DOIS-JE-FAIRE ?!

— Me tue pas ! Par pitié, me tue pas ! Je m'excuse !

— Tu veux certainement me dire que tu présentes tes excuses au cerf, Mataron ?

— Ouais, c'est ça, pis à toi aussi !

— Là, c'est mieux, on progresse, mon vieux, tu viens de regagner ta vie ! Je me contenterai de te briser l'épaule !

— Fais pas ça, malheureux ! Je suis seul à bosser à la ferme, j'en ai b'soin !

— Mais le cerf, lui, ne demandait qu'à vivre ?

— C'était qu'un animal, m'sieur !

— Qu'un animal ? Mais toi, Mataron, tu viens de te conduire comment ? Tu ôtes d'abord une vie avant de menacer d'enlever celle d'un congénère ? C'est humain, ça ? Tu es mal barré, Mataron, je crois que je vais arrêter de te parler et te saigner comme tu l'as fait avec ce cerf, mon vieux...

— Nooon, m'sieur ! Fais pas ça, j't'en supplie, par pitié !

— Mais tu te pisses dessus ! Tu as peur, Mataron ! Quel gros porc ! Si tu étais un animal, personne ne voudrait te chasser, tu es trop dégueulasse ! Moi aussi, je vais abréger tes souffrances !...

— Pitiéééé ! Pitié ! Pitié, m'sieur ! Je veux pas mourir, arrêtez ! J'ferai ce que vous voudrez !

— Tu me vouvoies de nouveau ? C'est bien, ça, Mataron ! Mais j'ai un doute, est-ce du respect ou de la peur ?

— J'ai peur ! Oui, j'ai peuuur ! Je veux pas mourir !

— Tu veux dire comme le cerf ?

— Oui, je veux pas ! Tout ce que vous voudrez, mais je veux pas mourir, m'sieur !

— Alors, écoute-moi bien, Mataron : si tu ne veux pas que je te tue, tu ne tueras plus non plus, tu ne feras plus jamais le mal au moindre animal. Ensuite, plus jamais tu ne toucheras à un fusil ! Tu vas démonter le tien, le ranger en sécurité et plus jamais tu ne le toucheras ! C'est clair ?!

— Oui, mais la chasse, alors ?

— La chasse, c'est terminé pour toi, Mataron, c'était ta dernière aujourd'hui, ton dernier animal assassiné, après être rentré chez moi avec toute ta barbarie et t'être permis de me menacer... C'est clair, abruti ?! Répète ce que je viens de te dire !

— Je ne tuerai plus d'animaux, la chasse, c'est terminé, je range mon fusil ! Pitié !

— Tu vas vivre, Mataron ! C'est bien, non ?... Cependant, sache que je serai là, partout où tu seras ! J'aurai des yeux partout et saurai tout ce que tu feras. Au moindre écart de ta part, c'est moi qui serai sur ton chemin, cette fois, et tu ne t'en tireras pas ! Tu l'as bien compris, ça ? Cette chance que je t'offre ? Au nom de l'Univers ?...

— Oui, j'ai compris, j'ai de la chance, m'sieur, par pitié, laissez-moi !

— Non, pas tout de suite, Mataron, car je n'ai pas confiance en toi, alors je vais te laisser un souvenir qui te rappellera à ta parole ! »

Gotyas redresse Mataron, plaque son dos répugnant contre lui avant de faire sauter les boutons de sa chemise à carreaux crasseuse à l'aide de l'épieu.

Il utilise cette même lame comme un crayon, dessinant, entaillant d'une volontaire maladresse des bois de cerf sur son torse sous les hurlements de sa victime dégoulinant de sang.

Une fois satisfait de son œuvre, il se relève en repoussant le supplicié au sol d'un coup de pied.

« Voilà, Mataron ! Une petite œuvre de la part de la nature pour te rappeler ce que tu lui dois ! Et dégage de chez moi, ordure, avant que la pitié me tente de t'achever ! »

Le chasseur se relève en gémissant, en pleurant, la douleur lui brûle le torse.

Il ressort par le portail pour rejoindre le chemin jusqu'à son C15 boueux qui le reconduira à sa ferme.

En sortant de la propriété, il lève le poing tout en vociférant :

« J'te retrouverai, salopiaud ! Et j'te raterai pas, j'te tuerai !

— Tu connais le chemin maintenant, Mataron ?! J'ai hâte de te recevoir à nouveau...

— Gotyas ! Que le diable te fricasse !

— C'est ça ! Tu lui feras toi-même une bise de ma part !... »

Le bourreau regarde s'éloigner son châtié grognant et titubant avant de se retourner pour s'agenouiller devant la dépouille de son ami le cerf.

Sa tristesse et les larmes coulant sur son visage ne sont que pour cette seule victime à ses yeux.

Néanmoins, elles s'entremêlent à cette haine qu'il a du mal à chasser de son cœur.

« Mon pauvre ami... Que t'a-t-il fait ?!... Toi qui étais si paisible, si beau, si digne... Toi qui étais en confiance près de moi, près de mes terres... Pardonne-moi de ne pas avoir su te protéger. Pardonne-moi de ne pouvoir te redonner vie. Je vais m'occuper de toi, avec tout mon amour, te rendre à la terre avant de te dire adieu... »

« L'ami homme » ne perd pas davantage de temps.

Il démarre son vieux pick-up sous sa grange, s'approche du cerf, déroule le treuil avant d'en entourer ses bois, puis active la traction pour faire glisser et monter le corps dans la benne du véhicule 4x4.

Gotyas sait où aller pour rendre son « ami cerf » à Mère Nature.

Ce sera presque au pied du château de la Contessa, dans cette prairie où il a croisé pour la première fois le regard de cette nouvelle connaissance, alors jeune daguet.

Sur place, il ne tarde pas à mesurer ses dimensions, pour en tracer les contours au sol, sur cette terre légèrement humide, meuble, qu'il prend le reste de la journée à creuser dans le but d'y laisser reposer son ami.

Avant de le recouvrir, il procède à sa propre prière, demandant à l'Univers d'accueillir son ami dans ces cieux.

Il purifie le corps des traces de son assassin en passant au-dessus de la fumée de sauge blanche incandescente et s'adresse une dernière fois à son camarade de la nature.

« Pars en paix maintenant, mon doux ami, ce n'est qu'un au revoir, nous nous retrouverons bientôt... »

L'homme rentre chez lui, éreinté par ce triste exercice physique. Il se remémore le fil de cette journée ; la haine, le dégoût n'ont toujours pas quitté son cœur.

Pour le commun des mortels, son état d'esprit, cette violence exprimée, toutes ses démarches sembleraient incompréhensibles, au point d'être considérés comme de la pure aliénation mentale.

Lui ne pense qu'à sa présence sur Terre liée à son devoir envers la nature : la préserver, et s'il le faut en lui rendant justice, pour l'avenir, pour l'humanité.

Il reste persuadé qu'il y parviendra grâce aux femmes, déesses créatrices, ses Êtres qu'il unifiera, dont il sera le chef d'orchestre.

Ce sont elles qui viendront à bout de tous ces hommes qui ne savent que détruire et annihiler.

En ce sens, il est indéniable que ce projet prend forme.

Ce qu'il a fait subir à Mataron n'est qu'un autre service rendu, un extra de sa part, et il ne compte pas en rester là.

Ce chasseur lui paraît si basique qu'il se contente de consulter un vieil annuaire téléphonique pour trouver son adresse.

Ensuite, sans perdre une minute, il modifie un de ses drones furtifs en le munissant d'un pisteur relié à une caméra thermique infrarouge possédant une fonction de reconnaissance faciale et programme ce robot volant avec les coordonnées GPS de la ferme Mataron.

En pleine nuit, il envoie sa nouvelle création dans les airs jusqu'à sa destination afin de vérifier son parfait fonctionnement.

Ce dernier outil d'espionnage est imparable : le contrôle à distance est précis et ses données en temps réel ne souffrent d'aucune coupure ni latence.

Le moindre geste, la moindre respiration du paysan seront dorénavant connus de son espion.

Gotyas rappelle donc sa nouvelle invention à sa base avant d'aller se coucher. Il dort d'un sommeil satisfait et serein qui lui fait oublier un temps l'image d'horreur, d'assassinat de son ami le cerf.

Cependant, les jours et nuits suivants, l'homme s'isole de son équipe, accumulant la rage et la haine en voyant les images que son drone espion lui rapporte.

Certes, il se réjouit en observant Mataron pester, souffrir en changeant les pansements de ses blessures qui s'infectent. L'homme vit seul, il est donc certain que son travail d'agriculteur est devenu bien plus pénible.

En revanche, l'espion découvre un alcoolisme démesuré, du matin au soir, avec de mauvais vins de pays, des boissons anisées qui rendent la perception de cet homme dysfonctionnelle, en dehors de sa faible intelligence, de ses manières, de son éducation et de son hygiène inexistantes.

Le matin, il commence par boire du vin blanc avant de se rendre dans le bar le plus nauséabond de Neuville, poursuivant ainsi sa décrépitude.

Il paye, pour un acte sexuel négocié, la fille toxicomane de la patronne, se livrant alors à ses sévices les plus sordides.

Ainsi apaisé, il se rend ensuite jusqu'au plan d'eau communal pour s'adonner à la pêche, sans hésiter à interpeller de toute sa vulgarité les collégiennes se rendant à l'école d'à côté.

Bien sûr, il leur fait peur, les dégoûte, et il les insulte, puisqu'elles ne répondent pas à ses déclamations immondes.

En fin de matinée, il retourne au bar pour l'apéro, se donne en spectacle avec sa gouaille ordurière, cherchant à impressionner son auditoire.

Il n'est pas rare que certains de ses échanges tournent en bagarre avec d'autres ivrognes de son espèce.

Puis il rentre chez lui, ivre, son C15 zigzaguant sur la route. Il se défoule ensuite en frappant ses chiens à la moindre contrariété, ou juste pour prendre un nouveau plaisir sadique.

L'après-midi, après avoir de nouveau bu chez lui, il monte sur son tracteur pour enfin aller travailler dans ses champs. Malheureuses sont toutes les femmes, sans distinction, croisant sa route, entre son attitude malaisante et ses propos obscènes.

Le soir, il s'enivre de plus belle, seul, isolé, sans aucun garde-fou, il aime à torturer n'importe quel animal passant dans son périmètre.

Ce n'est pas un monstre, puisqu'il est humain, toutefois, parmi les différentes catégories dans lesquelles on pourrait le classer, une seule dénomination convient : la lie de l'humanité !

Durant des jours, Gotyas est à l'affût, allant jusqu'à tenter de lui trouver le moindre point positif qui lui apporterait une autre perception de cet être abject, mais en vain, il n'y a rien... Absolument rien qui démontre que Mataron n'est pas le mal incarné.

L'espion découvre qu'il n'a jamais cessé de chasser, cela malgré ses blessures, ainsi que l'intention du chasseur de le supprimer et de se débarrasser de son corps en le jetant à des cochons affamés.

Il le regarde sur l'écran de son ordinateur, l'entend préparer son plan, ses armes, ses outils, pour ce projet qu'il veut mener « à bien » trois jours plus tard, au cours de la nuit.

À son tour, Gotyas se doit d'élaborer son propre plan. Il n'envisage pas une défense ou une contre-attaque, mais une offensive parfaitement synchronisée sur la propriété du chasseur.

Il se rassure de ce coup d'avance qu'il doit à son espionnage, à son intelligence, à sa force d'esprit et à toute la technologie à sa disposition, en comparaison avec son ennemi qui n'a que sa haine, ses vices et un esprit embrumé, limité.

Cependant, l'espion n'a pas de temps à perdre dans sa préparation et s'y consacre dès qu'il reçoit l'information de son propre assassinat à venir.

Il s'équipe immédiatement de sa montre connectée, qui lui livrera en temps réel toutes les images et informations à propos de ce tueur en devenir, et attend l'échéance.

Le drone furtif sera en vol stationnaire permanent au-dessus de la propriété du paysan lors des trois prochains jours.

Il vérifie le bon fonctionnement technique de son pick-up, qu'il utilisera comme véhicule : il y range ses outils, une toile en plastique et y installe la bâche de benne.

Dans son antre, il va choisir soigneusement vêtements et armes adéquats pour son opération d'attaque : sur ce point, pas de grandes innovations puisqu'il revêtira la même tenue tactique que pour la capture de Verletzt.

Braconnier ou chasseur irrespectueux, même combat, après tout.

Néanmoins, il prend soin de sélectionner des flèches en bois pour son pistolet arbalète. Parfaitement combustibles, ces dernières lui éviteront une peine inutile, et lui feront gagner du temps le jour J.

Il ajoute à son attirail deux poignards supplémentaires qui pourront s'avérer utiles, s'il se retrouve dans une situation extrême nécessitant une action d'autant plus silencieuse.

Lors des deux journées suivantes, Gotyas poursuit l'observation et l'écoute de sa cible à travers ses rituels quotidiens affreux ainsi que le peaufinage du projet macabre à son encontre.
Rien de très fin en l'occurrence : une intrusion discrète dans sa propriété, un coup de fusil dans la serrure de la porte d'entrée, puis, au hasard, trouver son bourreau à l'intérieur de la maison pour l'abattre à l'aide du même fusil.
Bref, une action très hasardeuse qui conduirait Mataron à se faire prendre de toute façon : soit par sa cible, soit après enquête à partir des multiples traces et preuves qu'il laisserait autour de lui.
Autant dire que ce ne serait qu'une opération suicide. Il en a pourtant conscience, puisqu'il s'automotive à grandes rasades d'alcool et d'autopersuasion bien bourrue.
Le jour J, Gotyas est fin prêt. Il a son plan en tête, après l'avoir minutieusement répété, chronométré, et son pick-up est chargé. Il part à 20 heures, une dizaine de kilomètres plus loin dans la campagne.
Il cache son véhicule dans un bosquet situé à 500 mètres de la ferme de sa cible afin d'éviter tout bruit pouvant attirer son attention.
La propriété de Mataron est seule et isolée du reste du monde dans un écrin de verdure, de bocages et de champs, le seul point commun entre les deux hommes.
À 20 heures 30, au début de l'hiver, il fait froid. Gotyas est arrivé à pied pour se poster discrètement dans le grand fossé en face de l'habitation qu'il projette de prendre d'assaut.

Il scrute la façade de ses propres yeux ainsi que sur l'écran de sa montre, sur lequel il constate que son tueur s'apprête à partir exécuter son plan.
Discrètement, il écoute le fermier s'alcooliser, grogner et jurer à travers ses écouteurs :
« Salopard ! Je vais m'le faire, ce bâtard de Gotyas ! Il fera plus l'malin, ce saligaud ! Il va comprendre de quel bois je me chauffe ! Allez, encore un canon pour me donner du courage par ce maudit froid de merde !... »

20 heures 45 : Gotyas se rapproche silencieusement de l'entrée de la maison et y déplie lentement la bâche en plastique, la faisant tenir aux quatre coins avec des pierres afin qu'elle ne s'envole pas sous l'action du vent. Puis il attend, debout, à six mètres de la porte, le pistolet pointé droit dessus, le bras gauche dans la même direction, et observe l'écran de sa montre afin de guetter le bon moment.
21 heures 02 : Mataron sort de sa maison, le fusil entre ses mains, avant de s'apercevoir qu'un guerrier vêtu d'une cagoule et de vêtements noirs se trouve face à lui, le tenant en joue.
Ce dernier prend la parole de sa vraie voix, cette fois non transformée pour que le paysan n'ait aucun doute sur son identité :
« Alors, Mataron, tu venais me faire un p'tit bisou avant de me coucher ? GROS PORC !
— Fumier ! Je vais te descendre ! »

Au même instant, le paysan aviné remonte son fusil sur son épaule pour viser Gotyas, mais il est tellement lent que ce dernier a amplement le temps de se décaler d'un pas à gauche, juste avant que le doigt de son ennemi n'en presse la gâchette.

Immédiatement, Gotyas transperce l'épaule droite du tireur, puis la gauche, bloquant ainsi les articulations des deux bras, avant de tirer deux autres flèches au centre des deux cuisses de Mataron, le faisant tomber à genoux sur la bâche, criant de douleur.
Gotyas reprend la parole :
« Bien ! Je résume : tu n'as respecté aucun point de notre accord depuis notre dernière entrevue... Ah, tiens ! Lève les yeux au-dessus de toi. Regarde ce drone dont j'active les lumières maintenant : il m'a permis de te suivre, de t'observer, de t'écouter depuis ce jour, et grâce à lui, j'ai eu la confirmation du genre d'ordure que tu es !
— Tu l'emporteras pas au paradis, fils de pute !
— Peut-être... Mais toi non plus ! Tu maltraites tout ce qui est vivant : les animaux, tes congénères, surtout les femmes, au point d'être un véritable tortionnaire, tant mentalement que physiquement. Tu es d'une saleté... À vomir ! C'est justement ce que tu fais régulièrement après avoir bu comme un trou... Mataron le magnifique !
— Tais-toi ! Ta gueule !
— Et puis, à la suite de notre petite altercation, après laquelle je t'ai laissé la vie sauve, quand tu pissais de trouille, alors que je ne cherchais qu'à t'éduquer un peu... tu décides de me tuer ?! Ce soir ?! Chez moi ?!
— J'ai rien à te dire, c'est toi, l'assassin ! Tu crèveras en enfer !
— Une fois encore, peut-être !... Mais tes certitudes ne sont toujours que des erreurs, Mataron ! Car tu iras avant moi ! Maintenant, j'en ai marre de te parler !... »

Mataron a juste le temps de crier « NOOON ! », puis Gotyas lui décoche la flèche fatale entre les yeux, faisant s'écrouler le corps de l'homme face contre la bâche, dans un dernier bruit lourd...

Gotyas murmure alors froidement :
« Et un pas de plus pour l'humanité... »

Sans attendre, il replie les quatre coins de la bâche en plastique sur le corps avant de les nouer avec un ruban adhésif blindé.
Il court jusqu'à son pick-up, revient à la ferme puis exécute une marche arrière sur le bitume afin de ne laisser aucune trace de roues sur l'allée de la propriété.
Il déroule le câble de son treuil pour y accrocher le sac contenant le cadavre, le faisant ainsi glisser puis monter dans la benne avant de la recouvrir de sa bâche.
Gotyas reprend ainsi la route, sillonnant cette campagne désertée l'hiver, dans l'idée de se rendre une trentaine de kilomètres plus loin, sur le site d'une carrière de granit abandonnée.
Une fois sur place, il entre au cœur du lieu où une végétation luxuriante a repris sa place, puis renverse, en le poussant avec son pick-up, un bloc de granit planté tel un menhir.
Il s'empresse alors de creuser un trou profond à la lueur des phares avant d'y placer le sac contenant Mataron pour y mettre le feu.
L'homme a conçu un cocktail de sa composition, mélange d'essence enrichie d'un accélérateur de combustion, dans le but de gagner en rapidité et en efficacité dans l'accomplissement de cette tâche.
Cinq heures plus tard, le fermier s'est volatilisé à travers les flammes d'un enfer qu'il n'aurait jamais imaginé.
Le fossoyeur termine son travail, vérifiant au préalable la disparition complète du corps avant de recouvrir les cendres éteintes de cette même terre qu'il avait ôtée en creusant.

Gotyas passe le câble de son treuil autour du menhir, puis le relève en faisant avancer son puissant pick-up.
Il efface, camoufle les quelques traces au sol laissées par sa manœuvre.
Il change de vêtements pour une tenue « jean, baskets, blouson » et range dans une trappe cachée dans la benne, conçue par ses soins, tous les outils et la tenue utilisés lors de cette macabre entreprise.
Avant de repartir, symboliquement, il s'adresse une dernière fois à sa victime :
« Tu vois, Mataron, je t'ai traité comme j'ai dû le faire avec mon ami le cerf, que tu as assassiné. Je t'ai même offert cette sépulture discrète, au milieu de cette belle nature. Tu ne le méritais pas. Tu as disparu dans des flammes ressemblant certainement à cet enfer que tu me souhaitais. Mais je n'irai pas là-bas, sûrement pas à cause de toi, parce que je ne crois pas en la religion de ces hommes comme toi. Je n'ai aucun regret de t'avoir tué, sachant que toi-même, tu partais de chez toi pour me livrer à cette destinée. Dans la vie, chacun a ce qu'il mérite ! Tu ne pouvais prétendre à mieux... Salut mon vieux, et où que tu sois maintenant, repens-toi ! »

Gotyas remonte dans son pick-up et reprend la route du retour avec une conduite paisible, discrète, respectueuse du code de la route, avant d'arriver chez lui, de nettoyer puis de ranger tous ses effets.
Il prend ensuite une longue douche puis enfile son peignoir douillet avant de s'asseoir dans son canapé, face à sa cheminée, pour se détendre avec un grand verre de dégustation rempli de ce magnifique saint-émilion qu'il adore, accompagné d'une énorme cigarette d'herbe.
Il ne pense plus à Mataron, sa conscience est limpide.
Bagheera et Nella, réveillées par leur maître, viennent le

rejoindre sur ce divan, lui montrant tout leur amour, à la recherche de sa chaleur et de ses câlins.

Ainsi, tout ce petit monde s'endort paisiblement, les uns contre les autres, sans penser à ce que sera demain.

Aux premières lueurs du jour à travers les volets, Gotyas se réveille en notant un bip répétitif à l'étage de la maison.

Il se lève, et après quelques pas, il localise ce son : il émane de sa chambre.

En gravissant les dernières marches de son escalier, il comprend que ce bip provient de son ordinateur.

Il ouvre la porte de sa chambre, remarquant immédiatement un message qui prend toute la surface de son écran.

Il est écrit d'un vert vif et clignote sur un fond noir au rythme de ce bip aigu. Gotyas s'approche et lit :

« EDEN GOTYAS,
NOUS SAVONS QUI TU ES.
SEE YOU SOON !...
(^_-) »

À suivre...

REMERCIEMENTS

Je tiens à remercier, de tout mon cœur, **les lectrices et lecteurs** de mon 1er roman « MOVIE LIFE *L'homme que j'étais...* ». Une première œuvre que je n'aurais jamais pensé écrire un jour, ni publier, et qui m'a propulsé dans cette nouvelle vie d'auteur.

Vous vous êtes reconnus à travers cette autofiction qui reste cependant le reflet fidèle de ma propre histoire. Unanimement, vous l'avez tous qualifiée avec le seul et même adjectif auquel je ne m'attendais pas : « émouvant ».

Vous savez que ce roman aura cette suite que vous attendez tant, alors que dans son récit je vous ai laissé dans la salle d'embarquement d'un avion à l'aéroport d'Orly Sud... Cependant, c'est le succès que vous lui avez donné qui m'a encouragé à devenir auteur à temps complet. Avant de vous livrer cette suite qui me tient autant à cœur qu'à vous et que j'écris encore aujourd'hui, j'ai choisi de publier ce premier tome de ma série *« GOTYAS »* qui représente une parenthèse autant créative que récréative dans l'écriture d'une fiction.

Je ne doute pas que vous lui réserverez un accueil tout aussi chaleureux, avec un autre genre d'histoire, un autre style d'écriture dans lequel vous me retrouverez néanmoins, en attendant que je sois à cent pour cent satisfait du manuscrit définitif de cette suite de *MOVIE LIFE*.

J'ai également fait le choix d'être un auteur indépendant. Ayant énormément appris de l'écriture et de l'édition, je tiens dorénavant à maîtriser tous les postes menant du premier mot écrit jusqu'à la réception de mon livre entre vos mains. Certes, cela nécessite un travail monstre, de multiples savoir-faire pour lesquels je suis en apprentissage permanent. Je compte une nouvelle fois sur tout votre soutien, vos encouragements, vos avis, vos suggestions, vos messages par tous les supports et réseaux où vous me retrouverez, ainsi que mes écrits : Sur *BoD* bien-sûr, *Amazon*, *Instagram*, *LinkedIn*. Cette indépendance implique une visibilité indispensable, celle que vous me donnerez, que vous amplifierez à votre guise, puisque j'espère continuer à vivre cette fabuleuse vie d'auteur, cette liberté que vous m'avez offerte. Alors merci encore de créer cet après, lorsque vous aurez lu ce premier tome de *GOTYAS*.

Un immense merci à toutes **les librairies berrichonnes** et les salons qui ont tous accepté, sans exception, de me recevoir pour me présenter au public, présenter mon premier roman et me livrer à des séances de dédicaces. J'ai reçu de leurs parts une multitude de conseils amicaux, précieux, encourageants, au-delà de leurs accueils qui ont toujours été chaleureux et bienveillants. Grâce à eux, j'ai vécu des moments exceptionnels, en rencontrant mon public, des gens qui ont toujours été incroyables, intéressants et d'une grande gentillesse. J'ai hâte de tous vous retrouver très bientôt pour cette nouvelle présentation de *GOTYAS* !

Un énorme « merci d'amour » à ma compagne, **Flora**, qui supporte cette vie d'auteur dans tous les sens du terme. Elle m'a à la fois sponsorisé et encouragé à publier *MOVIE LIFE* puis à poursuivre mon travail d'écriture. Ses conseils sont avisés, elle m'a assisté lors des diverses séances de dédicaces, s'est chargée de la conception et de la décoration de mes tables qui ont toujours été très remarquées. Elle est cette assistante indispensable aux avis incontournables, mon second cerveau m'assurant que je n'oublie rien, en dehors de mes lunettes, car je le fais très bien tout seul ! Sans elle, cette aventure d'auteur n'aurait jamais été possible.

Mes parents ont découvert que j'avais écrit un roman presque deux ans après sa parution. J'avais peur de leur dire, peur de leur jugement, ils l'ont acheté en librairie, comme tout le monde, découvrant ainsi cet autre savoir-faire inattendu, ces autres facettes de leur fils, qu'ils ne connaissaient pas. Je n'ai plus vécu durant une semaine, le temps que chacun lise l'histoire, terrorisé par les avis qu'ils en auraient : *« Fallait le faire ! On ne savait pas que tu écrivais, un vrai roman ! Il est bien, c'est émouvant ! Faut continuer ! »* Ce cap étant passé, j'ai pu me détendre, reprendre une respiration fluide et un sommeil normal ! Merci à eux, à leur soutien, à leur amour et promis, je leur offrirai *GOTYAS* cette fois, ainsi que tout ce que j'écrirai par la suite !

Un dernier merci à ***Amandine Riba*** qui s'est chargée de la bêta lecture et des corrections de *GOTYAS*. Je me croyais bon en français, mais grâce à elle, je redécouvre cette langue que j'aime tant. Son professionnalisme, sa réactivité, sa bienveillance, sa simplicité, la douceur de ses avis, de ses explications, sa précision, son respect, me sont maintenant indispensables. Elle répond à toutes mes questions, même au-delà des services qui la concerne, car elle est aussi une auteure de talent et comprend les préoccupations des autres auteurs. Elle transcende mon écriture sans aucune déformation de son sens, ni de son style. J'espère poursuivre encore longtemps cette fabuleuse aventure d'auteur, accompagné par toutes ses qualités.

Merci à tous de votre confiance, de votre fidélité, de cet amour dont vous inondez mon cœur ! Je vous retrouverai dans le monde réel, au fil des évènements, des librairies et des dédicaces. À très vite !

Ylan.